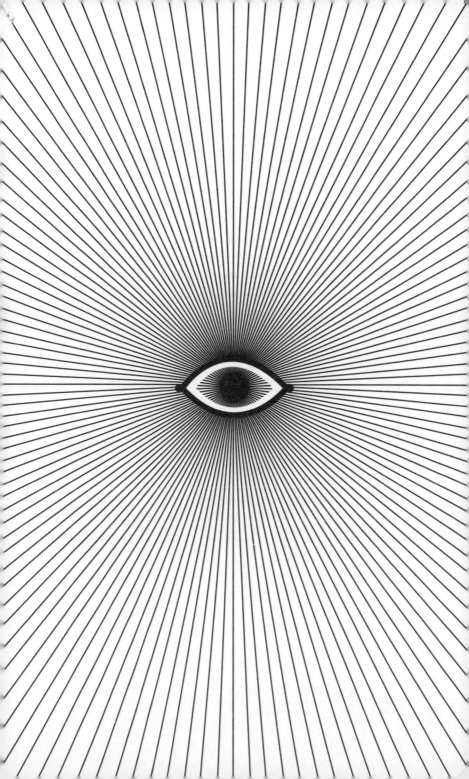

Tradução **Marina Della Valle e Fernando Pessoa**
Preparação de texto **Guilherme Mazzafera**
Revisão **Titivillus**
Capa e projeto gráfico **Gustavo Piqueira | Casa Rex**
Agradecimentos **Megaleitores**

DADOS INTERNACIONAIS DE CATALOGAÇÃO NA PUBLICAÇÃO (CIP)

C953   Crowley, Aleister (1875–1947)

O Livro da Lei: LIBER AL VEL LEGIS / Aleister Crowley. Tradução de Marina Della Valle e Fernando Pessoa. Prefácio de M. B. – São Paulo: Editora Campos, 2017. (Selo Chave).
208 p.; Il.
Título original: The Book of the Law.

ISBN 978-85-9571-017-7

1. Filosofia. 2. Metafísica da Vida Espiritual. 3. Ocultismo. 4. Thelema. 5. Misticismo. 6. Liberdade. I. Título. II. Valle, Mariana Della, Tradutora. III. Pessoa, Fernando, Tradutor. V. Selo Chave.

CDU 133   CDD 130

Catalogação elaborada por Ruth Simão Paulino

CHAVE
Rua Araújo, 124 1º andar 01220-020 São Paulo SP
Tel. 55 11 3211-1233

ALEISTER CROWLEY

O LIVRO DA LEI

SUMÁRIO

7
PREFÁCIO
por **M.B.**

15
**INTRODUÇÃO À
EDIÇÃO BRASILEIRA**
por **MARINA DELLA VALLE**

**THE BOOK OF THE LAW
O LIVRO DA LEI**

26 INTRODUCTION
27 **INTRODUÇÃO**

42 CHAPTER I
43 **CAPÍTULO I**

58 CHAPTER II
59 **CAPÍTULO II**

74 CHAPTER III
75 **CAPÍTULO III**

92 THE COMMENT
93 **O COMENTO**

94

O MANUSCRITO

161

COMENTÁRIOS
por ALEISTER CROWLEY

195

CROWLEY, PESSOA E
A CRIANÇA ETERNA
por DAVID SOARES

204

HYMN TO PAN
por MASTER THERION

205

HINO A PÃ
traduzido por FERNANDO PESSOA

PREFÁCIO

por **M.B.**

Aleister Crowley é provavelmente a figura menos oculta do mundo do ocultismo. O mais famoso mago do século XX. Sua concepção de prática mágica, ou "magick", como "a ciência e arte de causar mudanças de acordo com a vontade", continua a entusiasmar novos discípulos e, para além do círculo de seguidores mais fiéis e rigorosos, sua influência se espalha por todo o ocultismo ocidental, sendo uma força muito importante em movimentos até antagônicos: do neopaganismo wicca à cientologia, do satanismo moderno à popularização da yoga.

Fora dos templos, Crowley tornou-se uma celebridade. Sua vida de libertino pansexual, suas declarações contra o cristianismo, as polêmicas com outros magos, o uso de drogas, as orgias, as bravatas, os poemas pornográficos, a suspeita de que fosse um espião (ora do serviço secreto britânico, ora do serviço secreto alemão) ou um comunista ou um agitador anarquista ou um simples charlatão, tudo fez de Crowley um alvo da imprensa sensacionalista. Ele era o "sr. 666", "a Besta", "o Anticristo", o "rei da depravação", "um homem que gostaríamos de enforcar" (este foi o título de um editorial da popular revista inglesa *John*

Bull, em maio de 1923) e "o homem mais perverso do mundo". Não só os jornalistas parecem fascinados e aterrorizados por tal monstro humano, mas também escritores: "Aleister Crowley é o vilão arquetípico do século XX", diz o romancista e roteirista inglês Jake Arnott, cujo romance *The Devil's Paintbrush*, de 2009, tem Crowley como protagonista. O mago inspira centenas de vilões em romances de todo o tipo, dos *pulps* baratos a obras da alta literatura.

O poeta W. B. Yeats, inimigo de Crowley dentro da Ordem Hermética da Aurora Dourada (Hermetic Order of the Golden Dawn), descreveu-o como "indescritivelmente louco" e o retratou como o Anticristo, a "besta selvagem" (rough beast), em seu poema "O Segundo Advento" (The Second Coming). O escritor Christopher Isherwood também conheceu Crowley, na Berlim dos anos 1930, e o menciona como "alguém em quem não se deve confiar" no conto "A Visit to Anselm Oakes". Somerset Maugham faz um retrato pouco lisonjeiro de Crowley em seu livro *The Magician*, mas tem o cuidado de trocar o nome do personagem para Oliver Haddo. Crowley se vinga escrevendo um artigo para a revista *Vanity Fair* no qual acusa Maugham de plágio. Crowley assina o artigo com o pseudônimo Oliver Haddo.

O encantamento de Fernando Pessoa (1888-1935) por Crowley fez com que ele se tornasse cúmplice em um falso suicídio, um dos tantos golpes publicitários do mago. Mas, ainda assim, apesar do encantamento, Fernando Pessoa desconfiava.

O escritor inglês Malcolm Lowry mergulha nos ensinamentos de Crowley para finalizar seu livro mais importante, À *sombra do vulcão*. Mas escreve ao seu editor: "William James, se não Freud, certamente concordaria comigo quando digo que as agonias do alcoólatra encontram sua mais exata analogia poética nas agonias do místico que abusou de seus poderes".

Crowley também faz uma aparição em *Paris é uma festa*, de Ernest Hemingway, e inspira dois dos vilões de James Bond: o primeiro, Le Chiffre, de *Casino Royale*, e o mais importante: Blofeld, líder da da organização criminosa Spectre. Aliás, conta a lenda que durante a Segunda Guerra Mundial, Ian Fleming, futuro criador do 007, mas na época agente do serviço secreto inglês, teria tentado recrutar o mago para a luta antinazista. O plano era que Crowley, com seus poderes mágicos, convencesse Rudolf Hess, um dos principais líderes nazistas, a se entregar aos ingleses. A história provavelmente não é verdadeira, mas a razão que levou Hess em maio de 1941 a pegar um avião e viajar sozinho para a Escócia, onde foi preso pelos Aliados, permanece motivo de especulação entre os historiadores.

As tantas denúncias e campanhas da imprensa e dos moralistas em geral fizeram com que Crowley fosse obrigado a comparecer perante os juízes diversas vezes. Mas ele gostava de ser assunto, e as acusações aparentemente não o perturbaram tanto, nem a seus admiradores. Quando a BBC, em 2002, fez uma consulta popular a respeito de quem seriam os 100 maiores britânicos de todos os tempos, Crowley perdeu para nomes como Churchill, Shakespeare, Darwin, John Lennon e Lady Di, mas ficou à frente de, por exemplo, J. R. R. Tolkien, Bono, o pioneiro da máquina a vapor James Watt, e Geoffrey Chaucer, pai da literatura inglesa. Após sua morte, em 1947, a popularidade de Crowley começou a aumentar até ele se tornar uma espécie de herói da contracultura.

Ainda que isso pudesse ser uma surpresa para os leitores dos tabloides ingleses dos anos 1930 ou qualquer dos amigos contemporâneos dele, a redescoberta de Crowley a partir dos anos 1960 parece hoje até natural quando vemos que ele foi um pioneiro da rebeldia pop, do misticismo, da revolução sexual, do orientalismo, do vestuário como fantasia e manifesto, da yoga, da louca autoconfiança da celebridade, da imagem pública como principal obra do artista, do prazer em desafiar os preconceitos pequenos burgueses e, é claro, da psicodelia. "Para me adorar, tomai o vinho e as drogas estranhas das quais direi ao meu profeta & embebedai-vos delas!" diz o *Livro da Lei*. E Crowley foi atrás de drogas estranhas. Já em 1907, depois de "se envenenar com todas as substâncias relacionadas (ou não) na farmacopeia", Crowley escreve uma pioneira defesa da *cannabis, The Psychology of Hashish*, na qual chega à conclusão que o Elixir Vitae com o qual sonhavam os alquimistas é a "sublimada ou purificada preparação da Cannabis Indica". Em 1910, promove seus Ritos de Elêusis em Londres, que alguém poderia descrever como uma festa psicodélica turbinada com mescalina. Crowley teria sido aquele que apresentou o peiote a Aldous Huxley e o haxixe a H. G. Wells. Foi uma influência muito importante sobre William Burroughs. Timothy Leary chegou a dizer que "continuava o trabalho iniciado por Crowley". Robert Anton Wilson, bem mais sensato, diz não se entusiasmar muito pelo Crowley das drogas e nem pelo seu ocultismo, mas pelo Crowley escritor e seu método de contatar alienígenas.

Nos quadrinhos, a principal forma narrativa ficcional da contracultura, Crowley começou a aparecer aqui e ali a partir dos anos 1970. Mas a chamada Invasão Britânica, que, nos anos 1980, apresentou ao mundo uma nova geração de quadrinistas do Reino Unido, quase pode ser chamada também de Invasão Crowleyana. O Sandman de Neil Gaiman surge nos quadrinhos ao ser capturado por engano em um ritual desastroso do mago Roderick Burgess, criado à imagem de Crowley (de quem, na HQ, é um rival). E em *Belas Maldições*, de Gaiman e Terry Pratchett, Crowley é o nome de um dos protagonistas: o demônio que se junta ao anjo Aziraphale na tentativa de impedir o fim dos tempos.

No caso de Grant Morrison, quase toda a sua obra tem alguma influência de Crowley: "ele é o Picasso da Magia", diz o quadrinista, que se autointitula também um mago. Na graphic novel *Batman: Asilo Arkham*, que é até hoje sua HQ de maior sucesso tanto de vendas como de crítica, Morrison menciona explicitamente Crowley ao recriar a biografia fictícia do fundador do manicômio de Gotham City. Amadeus Arkham conta que, quando jovem, viajou à Inglaterra e foi "apresentado ao 'homem mais perverso do mundo'... Aleister Crowley". "Pareceu-me um homem encantador e muito educado", diz Amadeus, "discutimos o simbolismo do Tarot egípcio e ele me venceu no xadrez... duas vezes". Além disso, um dos personagens da graphic novel aparece diversas vezes lendo o *Thoth Tarot*, de Crowley. Morrison também escreveu uma premiada peça de teatro sobre o mago: *Depravity*, de 1990.

Mas, apesar dos esforços de Morrison, o maior divulgador das ideias de Crowley nos gibis é Alan Moore, que cita o *Livro da Lei* diversas vezes em seus quadrinhos, entre eles o famoso

V de Vingança. Os fãs mais atentos já notaram que a data 12 de outubro (data de nascimento do mago) surge também várias vezes nas HQs de Moore. Crowley aparece como criança em *Do Inferno*, a obra-prima de Moore. E aparece transformado em mulher na série *Promethea*, que um crítico já definiu como "um gibi da Mulher Maravilha escrito por Aleister Crowley". Em 1996, Moore chegou a desenvolver com o desenhista John Coulthart um ambicioso projeto dedicado a Crowley, mas o livro ou o que quer que pudesse ter sido, ficou inacabado.

"A influência de Crowley na cultura moderna é tão disseminada quanto a de Freud ou Jung", diz o jornal inglês *The Guardian*. E em nenhuma outra área da artes Crowley é tão celebrado quanto na música. O marco principal talvez seja mesmo a presença dele entre os "convidados" da capa do disco *Sgt. Pepper's Lonely Hearts Club Band*, dos Beatles, de 1967. A maior parte dos especialistas em Beatles acredita que a inclusão seria coisa de Lennon, que teria se interessado pelo mago ao ler *The Black Arts: A Concise History of Witchcraft, Demonology, Astrology and Other Mystical Practices Throughout the Ages*, no qual o autor, Richard Cavendish, descreve Crowley como "o mais famoso, brilhante e talentoso dos magos modernos". O livro foi lançado um ou dois meses antes da produção da capa do *Sgt. Pepper's*. Os fundamentalistas cristãos norte-americanos concordam com a hipótese: eles não perdoam Lennon pela famosa frase, dita em 1966, a respeito dos Beatles serem mais populares que Jesus. Para os fundamentalistas, "Imagine" é uma canção satanista crowleyana ("Imagine there's no heaven", "and no religion too"). E há também a entrevista que Lennon deu à *Playboy* três meses antes de ser assassinado, na qual diz: "A ideia toda dos Beatles era que você deve fazer o que quer, certo? Assumir a própria responsabilidade", ecoando as famosas palavras do *Livro da Lei*. Para os fundamentalistas cristãos mais doentinhos a própria morte de Lennon teria sido consequência de um pacto que ele fez com o Demônio em algum momento dos anos 1960. Mas outra teoria diz que poucos meses antes do início da produção do *Sgt. Pepper's*, Paul McCartney teria descoberto um antigo livro de poesias de Crowley:

The Winged Beetle (O Besouro Alado). McCartney teria ficado intrigado com o título e depois encantado com o livro e com Crowley. Por isso, quando deixou os Beatles, teria batizado sua nova banda de Wings. Os defensores dessa teoria localizam várias outras referências a Crowley no trabalho posterior de McCartney. Ele seria o Winged Beatle.

Mas o fato é que naquele momento em que os Beatles concebiam o *Sgt. Pepper's*, Crowley tinha voltado a ser assunto em Londres. A *International Times*, primeira publicação europeia da onda *underground*, estreou em outubro de 1966 (com o papel do primeiro número pago por McCartney) e Crowley apareceu diversas vezes em suas páginas.

Na época, Graham Bond, um dos principais músicos da Swinging London, chegou à conclusão de que era um filho perdido de Crowley e passou a andar pelas ruas da cidade usando trajes cerimoniais. Os próprios títulos de alguns dos discos que gravou nos anos seguintes revelam por onde andava seu pensamento: *Love is the Law, Holy Magick*, "The Word of the Aeon", "The Pentagram Ritual", *We Put Our Magick on You*, "Macumbe"...

Mick Jagger interessou-se de tal maneira por Crowley que, em 1969, chegou a atuar e fazer a trilha sonora de *Invocation of My Demon Brother*, um pequeno filme de Kenneth Anger, o célebre cineasta seguidor da Thelema, religião criada pelo mago inglês. E Jagger protagonizou *Performance*, o filme de outro cineasta crowleyano, Donald Cammell, além de quase ter feito o papel de Lúcifer em outro filme de Anger, o clássico *Lucifer Rising*, inspirado no poema "Hymn to Lucifer", de Crowley. Ainda que o stone tenha desistido do projeto, Marianne Faithfull atuou como Lilith. E também participaram do filme o irmão mais novo de Mick, Chris Jagger, o fotógrafo semioficial dos Stones, Michael Cooper (autor também da foto da capa do *Sgt. Pepper's*) e o guitarrista Jimmy Page, que compôs uma trilha sonora que acabou substituída por outra, de Bobby Beausoleil (que à época já cumpria prisão perpétua por um assassinato a mando de Charles Manson).

Jimmy Page foi fundo: virou um colecionador de manuscritos de Crowley e chegou a comprar a Boleskine House, a famosa mansão escocesa do mago, próxima ao lago Ness. Page também teve uma livraria, The Equinox (nome da revista de Crowley), especializada em livros ocultistas, e as primeiras prensagens do disco *Led Zeppelin III* têm duas frases do *Livro da Lei* gravadas no próprio vinil: "Do What Thou Wilt" e "So mote be it". Tudo isso ajudou para que o Led Zeppelin fosse acusado por pastores cristãos de ser uma banda satânica. Tal fama talvez tenha assustado as congregações de tais pastores, mas certamente foi uma das tantas razões para que milhões de adolescentes se apaixonassem pela banda. Na época, Page deixou correr, talvez por divertimento, talvez por marketing, as histórias de que teria comprado Boleskine para fazer rituais com demônios que teriam sido reunidos ali pelo antigo dono. O interesse por Crowley, numa versão um tanto satanizada demais, talvez tenha sido uma das principais contribuições do Zeppelin para o heavy metal. Ao longo da história do gênero, abundam as menções a Crowley e ao *Livro da Lei*. Ozzy Osbourne chega a compor uma música chamada "Mr. Crowley" (crítica ao mago), a banda de metal suíça Celtic Frost homenageia o bruxo já no título do álbum *To Mega Therion* ("Grande Besta" em grego), a polonesa Behemoth faz sua homenagem com o disco *Thelema.6* e vários outros grupos, tão diversos como Fallen Christ, Carcass, Therion e Dissonant Elephants, citam frases do *Livro da Lei*. Mas o mais célebre admirador de Crowley no universo heavy metal é Bruce Dickinson, do Iron Maiden: "leio e estudo Crowley desde minha pré-adolescência. Ele é a inspiração definitiva". Além de homenageá-lo em várias músicas, Dickinson escreveu o roteiro e até atua no filme *Chemical Wedding*, que fala de um professor de Cambridge possuído pelo espírito do mago.

A influência de Crowley se espalha, com cores menos "satânicas", por diversos outros ramos da música pop. Já em 1971, David Bowie inicia a canção "Quicksand" (do álbum *Hunky Dory*) dizendo: "I'm closer to the Golden Dawn, immersed in Crowley's uniform". O interesse de Bowie por Crowley foi crescendo naquele início dos anos 1970 até chegar ao ponto no qual o astro pop, bem estropiado na tentativa de imitar o mestre do ocultismo no hedonismo e no uso de drogas, quase desapareceu em uma espiral de loucura. Mesmo assim, em meio àquele interminável ritual autodestrutivo, Bowie conseguiu produzir discos como *Young Americans* e *Station to Station*, no qual a faixa-título cita, discretamente, só para os iniciados, o nome da primeira obra de Crowley: *White Stains*, um livro de poesias eróticas tão ofensivo que à época do lançamento só pôde ser impresso fora da Inglaterra e, ao entrar no país, teve quase toda sua tiragem apreendida e destruída.

A lista de grupos de rock ou astros pops influenciados por Crowley parece infinita: vai de grupos de vanguarda como o Can, Psycho TV, Coil e Current 93 a pop stars como Sting, Daryl Hall e Madonna. De Throbbing Gristle, Killing Joke, Marilyn Manson e Nina Hagen a Prince e Jay Z. O baixista Gary "Valentine" Lachman, um dos fundadores da banda Blondie, tornou-se um especialista em Crowley, com vários livros sobre o mago e ocultismo. Segundo os propagandistas do fundamentalismo cristão norte-americano, até mesmo Rihanna e Michael Jackson seriam secretamente seguidores de Crowley. "I'm bad!".

Enfim, o Diabo é o pai do rock. Não o Diabo da propaganda cristã, não o Diabo que castiga aqueles que não obedecem a Deus, não "aquele do Exorcista". O Diabo dos toques. Mais que todos os músicos citados acima, Raul Seixas talvez seja quem melhor compreendeu os ensinamentos de Crowley. Músicas como "A Lei" (do disco *A Pedra do Gênesis*) são quase uma "parceria" com o mago inglês. Mas Raul Seixas ouviu um conselho essencial de Crowley que outros tantos discípulos parecem não ter ouvido: "O defeito comum de todos os sistemas místicos anteriores ao Aeon, cuja Lei é Thelema, é que não houve lugar para a Risada". Assim, o alquimista Raul Seixas consubstanciou rigor e humor e, em plena Ditadura Militar, transformou em hits nacionais as palavras do *Livro da Lei*, através de discos como *Gita* e *Novo Aeon*. "Mamãe disse a Zequinha/ nunca pule aquele muro/ Zequinha respondeu/ Mamãe aqui tá mais escuro". Graças a Raul Seixas, gerações de brasileiros receberam a mensagem: "faça o que tu queres pois é tudo da lei". Falta agora aprender o resto das lições. "If harms none, do what thou wilt": Se não prejudicar ninguém, faze o que tu queres.

INTRODUÇÃO À
EDIÇÃO BRASILEIRA

por **MARINA DELLA VALLE**

No dia 31 de maio de 1875, morreu o francês Eliphas Lévi, para muitos o maior ocultista do século XIX. No mesmo ano, no dia 26 de julho, nasceu Carl Jung. No dia 30 de outubro, Helena Blavatsky fundou a Sociedade Teosófica. Mas semanas antes, no dia 12 de outubro, nasceu Edward Alexander Crowley em Royal Leamington Spa, em Warwickshire, no seio de uma família abastada e religiosa, parte do movimento cristão evangélico Irmãos de Plymouth (no Brasil, mais conhecidos como Casa de Oração). O menino tinha adoração pelo pai, Edward, e uma extrema aversão pela mãe, Emily. Após a morte de Edward, em 1887, o jovem Crowley passou maus bocados com a mãe e o tio materno, que considerava falsos e fanáticos em sua fé. A mãe o chamava de "Besta", alcunha que ele próprio adotou mais tarde. A troca de nome também tem raízes em sua aversão por Emily – detestava especialmente o apelido "Alick", como ela o chamava, e, por volta de 1912, passou a chamar a si mesmo de Aleister, forma gaélica do nome Alexander.

Crowley passou por uma série de escolas e períodos de educação privada com tutores e atravessou na infância um período de saúde precária por causa da albuminuria, condição que provoca perda excessiva da proteína albumina pela urina. Ao mesmo tempo em que se rebelava contra os valores cristãos recebidos na infância, fumando e tendo suas primeiras experiências sexuais, Crowley interessou-se pelo enxadrismo e pelo alpinismo, duas atividades nas quais se destacaria ao longo da vida.

Em 1895, iniciou um período de três anos na Universidade de Cambridge, como aluno do Trinity College, inicialmente no curso de filosofia, mudando depois para poesia, uma de suas paixões. Ali, deu vazão a uma outra obsessão: sexo, tanto com mulheres quanto com homens (a homossexualidade era ilegal no Reino Unido na época). Acabou por contrair gonorreia. Durante 1897, viajou a São Petersburgo, na Rússia, fato que alimenta especulações de que ele teria sido um agente do serviço secreto britânico, recrutado ainda em Cambridge, e que tal viagem teria se dado em tais condições. Também durante seu período na universidade ele decidiu deixar outros interesses de lado para se dedicar ao ocultismo, saindo de Cambridge sem obter nenhum diploma, ainda que tenha tido um desempenho satisfatório nos exames que fez até então.

Logo depois, levado pelo químico e ocultista britânico George Cecil Jones, que seria um companheiro na magia ao longo da vida, foi iniciado na Ordem Hermética da Aurora Dourada, onde na qual adotou o nome Frater Perdurabo e progrediu rapidamente. Sua proximidade com o líder da ordem, Samuel Liddell MacGregor Mathers, foi um dos motivos de descontentamento de outros membros, em especial o poeta William Butler Yeats. Quando o templo em Londres recusou sua iniciação na chamada Segunda Ordem da Aurora Dourada, um círculo interno para participantes mais avançados, em uma situação já complicada de discórdia e rompimento entre os membros do grupo ocultista, Crowley foi a Paris ao encontro de Mathers, que o admitiu na Segunda Ordem pessoalmente. A situação terminou com Crowley e Mathers isolados do grupo e com a tentativa frustrada do primeiro de tomar documentos da sede da ordem em Londres. Mais tarde, Crowley e Mathers tornaram-se inimigos, depois que o primeiro publicou elementos da Aurora Dourada, tidos como secretos, em livro. Mathers o processou, mas perdeu.

Em 1899, Crowley comprou a Boleskine, uma grande propriedade nas margens do lago Ness, na Escócia. Pretendia realizar ali a operação de Abramelin, um longo ritual com a finalidade de entrar em contato com o Anjo Guardião Sagrado de quem o realiza. Não chegou a terminá-lo. Crowley diz ter recebido o 33º grau maçônico no México e começado a praticar yoga na Índia em 1900. A partir de 1901 deixou de lado qualquer dedicação séria ao ocultismo, situação que perdurou até 1903. Antes disso, em 1902, partiu em uma expedição de alpinistas para escalar o K2, a segunda maior montanha do mundo, com 8.611 metros. O grupo voltou após atingir 6.100 metros.

Em 1903, casou-se com Rose Edith Kelly, irmã do pintor Gerald Kelly, partindo em uma viagem de lua de mel que passou por Paris, Nápoles, Ceilão e Egito. Foi no Cairo, em 1904, que escreveu o *Livro da Lei*, como veremos mais detalhadamente abaixo.

Sua primeira filha com Rose, Lilith, nasceu em 1905. No mesmo ano, partiu em uma malfadada expedição de alpinistas para escalar a montanha Kanchenjunga, nos Himalaias. Após um desentendimento com outros membros da expedição, parte do grupo resolveu seguir para outro local à noite, e um acidente matou um dos alpinistas e três ajudantes. Crowley se recusou a prestar ajuda aos companheiros, tornando-se malvisto pela comunidade de alpinistas, apesar de sua comprovada habilidade no esporte. Após uma viagem pelo sul da China e pelo Vietnã com Rose e Lilith, ele seguiu viajando pelo Japão, Canadá e Estados Unidos sozinho. Ao voltar para a Escócia, soube que Lilith havia morrido de febre tifoide em 1906 ainda em Mianmar, então Birmânia. No ano seguinte, quando o alcoolismo de Rose já havia se agravado, nasceu a segunda filha do casal, Lola Zaza. Com a herança já bastante reduzida, Crowley começou a receber alunos de ocultismo, entre eles Victor Neuburg, que se tornaria um discípulo próximo e parceiro sexual, inclusive em rituais de magia e experiências de sadomasoquismo. Os dois se afastariam depois de um período intenso de rituais em Paris em 1914.

Ainda em Xangai, Crowley tentara se comunicar com Aiwass, o ente sobrenatural que lhe ditou o *Livro da Lei* no Cairo. De volta ao Reino Unido, continuou praticando os rituais de Abramelin com o amigo ocultista George Cecil Jones. Afirmou ter sido contatado por Aiwass novamente em outubro e novembro de 1907, recebendo o ditado de mais dois livros. Ele seguiu escrevendo outros textos dos chamados "livros sagrados da Thelema" até o fim do ano. Em novembro, fundou em conjunto com Jones a ordem oculta A∴A∴, cuja obra central é o *Livro da Lei*. Em 1909, começou a editar a revista bianual *The Equinox*, considerada o veículo oficial da A∴A∴, na qual Crowley, que nunca deixou de escrever prolificamente, publicaria muitos de seus textos. Também em 1909, o manuscrito do *Livro da Lei*, que havia sido extraviado, foi redescoberto. No mesmo ano, divorciou-se de Rose, cujo alcoolismo havia piorado muito. Ela permaneceu em Boleskine até ser internada em uma instituição especializada, em 1911. Era o fim da história de Crowley com sua primeira Mulher Escarlate, sua companheira em rituais mágicos, posição que seria ocupada por várias outras ao longo de sua vida.

Após a publicação de *O Livro das Mentiras*, em 1912, Crowley foi acusado pelo ocultista alemão Theodor Reuss de divulgar segredos de sua ordem, a Ordo Templi Orientis. Ambos se tornaram amigos depois que o ocultista convenceu Reuss de que as semelhanças eram fruto de coincidência, e Crowley terminou por se tornar o líder do braço britânico da Ordo Templi Orientis, Mysteria Mystica Maxima, incorporando elemento thelêmicos aos rituais originais. As duas principais ordens ocultas responsáveis por divulgar a Thelema estavam montadas.

Após transferir a propriedade de Boleskine à Mysteria Mystica Maxima por motivos financeiros, Crowley partiu para os Alpes Suíços e, depois do início da Primeira Guerra Mundial, foi para Nova York, onde começou a se aproximar dos movimentos pró-Alemanha, declarando-se favorável à independência irlandesa e escrevendo artigos mirabolantes para periódicos de propaganda alemã – alguns biógrafos afirmam que ele trabalhava como um agente duplo do serviço secreto britânico tentando descreditar a Alemanha com seus textos. Ainda nos EUA, em 1918, conheceu a suíça-americana Leah Hirsig, que se tornaria sua nova Mulher Escarlate. Voltou para Londres no final de 1919, onde foi atacado por um tabloide por sua atuação pró-Alemanha. Começou a usar heroína para tratar sua asma, adquirindo um vício que o acompanharia por muito tempo e teria consequências devastadoras para sua saúde.

Em abril de 1920, daria início a um dos períodos mais controversos de sua já conturbada vida: a instituição da Abadia de Thelema, uma propriedade em Cefalù, na Sicília, para onde se mudou com Leah, a filha recém-nascida, Anne Leah, a discípula Ninette Shumway, e mais duas crianças. Ali o grupo praticava rituais, vivendo em uma espécie de comunidade voltada ao ocultismo, recebendo outros interessados. O lugar oferecia pouca higiene, e Anne Leah morreu em outubro; um mês depois, Ninette deu à luz a quarta filha de Crowley, Astarte Lulu Panthea. Viciado em heroína e cocaína, Crowley viu sua saúde se deteriorar. A chegada do jovem casal Raoul Loveday e Betty May marcou o início do fim da comunidade da Abadia. Loveday morreu após beber água poluída (de acordo com Crowley, Loveday fora avisado de que o líquido era impróprio para consumo), e May, ao voltar para Londres, foi à imprensa revelar a história, incluindo detalhes chocantes. Crowley foi expulso da Itália em abril de 1923.

Ele partiu para a Tunísia com Hersig, e fez viagens para a Alemanha, onde sua liderança da Ordo Templi Orientis foi contestada por parte dos membros após a morte de Reuss, causando uma cisão na ordem. O vício em cocaína fez com que passasse por uma série de cirurgias no nariz. Na França, conheceu a nicaraguense Maria Teresa Sanchez, com quem se casou ao ser deportado do país, para que ela pudesse se juntar a ele no Reino Unido. Embora jamais viessem a se divorciar, o relacionamento durou pouco.

Após um período na Alemanha, Crowley voltou a viver em Londres, com poucos recursos. Em 1935, foi declarado falido. Em 1937 nasceu seu último filho, Randall Gair, também conhecido como Aleister Atatürk. Com o início da Segunda Guerra, ofereceu seus serviços à Divisão de Inteligência Naval, mas não foi aceito. Na época, aproximou-se de membros da inteligência britânica, como o autor Ian Fleming, e alegou ser responsável pelo famoso sinal de "V da Vitória", usado pela BBC e por Churchill, o que nunca foi provado. A dificuldade em obter sua medicação alemã para asma fez com que voltasse a se viciar em heroína. Pobre e doente, terminou seus dias em uma pensão em Hastings, em Sussex, onde recebia amigos e visitantes. Morreu em 1º de dezembro de 1947, aos 72 anos, de bronquite crônica, pleurisia e degeneração cardíaca.

O LIVRO

No início do século XX, época de seu primeiro casamento, Crowley andava desestimulado com o ocultismo, deixando de se dedicar a qualquer trabalho sério na área. Rose Kelly, sua primeira esposa, não tinha nenhum conhecimento hermético, e tampouco se interessava em adquiri-lo. O comentário sobre o *Livro da Lei*, publicado em *O Equinócio dos Deuses* e incluso neste volume, versa sobre as condições do recebimento do livro.

Crowley afirma que fez uma invocação para "mostrar os silfos" à mulher durante a lua de mel do casal no Cairo. Rose nada viu, mas aparentemente entrou em um transe leve, repetindo ao marido a frase "Eles estão vindo para você". Crowley não se importou com o fato, mas, dois dias mais tarde, após invocar o deus egípcio Toth, Rose afirmou que era Hórus quem esperava por ele. Ainda cético, já que Rose não sabia nada sobre ocultismo ou egiptologia, preparou uma série de "testes" para ela, incluindo o reconhecimento da figura do deus. Levou a mulher ao museu Boulaq e pediu a ela que identificasse a imagem de Hórus. Inicialmente, Rose passou direto por diferentes representações do deus, para diversão de Crowley, que ainda duvidava da legitimidade das afirmações da mulher, até que ela apontou, de longe, a estela de Ankh-ef-en-Khonsu, hoje conhecida pelos thelemitas como Estela da Revelação. Ao se aproximar, Crowley notou que o número de exibição da peça no museu era 666, o número bíblico da Besta, que ele adotara como parte de sua persona na juventude. . Ele então pediu a tradução dos hieróglifos presentes na estela, e fez uma invocação de Hórus, de acordo com ele, "com grande sucesso".

Por fim, Rose afirmou que quem a contatava não era o próprio Hórus, mas um mensageiro do deus chamado Aiwass, e revelou a Crowley as instruções para o recebimento do livro. O texto foi ditado a Crowley em um cômodo preparado para este fim na casa que o casal alugara no Cairo. De acordo com o ocultista, a voz de Aiwass não apresentava nenhum tipo de sotaque. Apesar de não abrir a boca durante o tempo em que recebia o ditado do livro, Crowley afirmou que por vezes Aiwass registrava seus pensamentos na fala dele. Algumas modificações foram feitas posteriormente no manuscrito. Rose completou trechos que Crowley não entendera no momento do ditado. No capítulo três foram inseridos longos trechos da tradução da Estela da Revelação, com a permissão de Aiwass.

Apesar de terem sido ditados por Aiwass, que Crowley considerava uma entidade sobrenatural, dotada de conhecimento que ele próprio não possuía, ou possivelmente seu Anjo da Guarda Sagrado, os capítulos do livro são enunciados em primeira pessoa por três deuses diferentes. O primeiro capítulo é falado por Nuit, deusa egípcia do céu noturno; o segundo, por Hadit, o noivo de Nuit. Em sua introdução ao livro, Crowley descreve Nuit como "Espaço", "o total de tipos de possibilidades"; e Hadit, "qualquer ponto que tem a experiência dessas possibilidades". O terceiro capítulo é falado por Ra-Hoor-Kui, ou Hórus, o regente do novo éon, também identificado como Hoor-Paar-Kraat, a Criança Entronada e Conquistadora. Crowley, na introdução, afirma que o deus tem "um título técnico: Heru-Ra-Ha, uma combinação de deuses gêmeos, Ra-Hoor-Khuit e Hoor-Paar-Kraat".

Na época em que *O Livro da Lei* foi escrito, Crowley enviou cópias para alguns ocultistas e deixou o manuscrito de lado. Ele considerou a mensagem contrária a várias de suas crenças, especialmente as budistas, e tentou "se livrar" do livro, chegando a perder o manuscrito, depois redescoberto em Boleskine. Posteriormente, teria percebido a veracidade do *Livro da Lei* por uma série de acontecimentos, incluindo alguns previstos no texto. Assim, a obra se tornou a peça fundamental da Thelema, religião criada anos depois por ele, que se dedicou a propagá-la até sua morte. Afirmando ter conseguido novamente contato com Aiwass, Crowley escreveu uma série de outros textos que formam a literatura sagrada thelêmica. Finalmente convencido, ele se colocou como o profeta do Éon de Hórus, uma nova era iniciada com o recebimento do *Livro da Lei*.

A TRADUÇÃO

O *Livro da Lei* é um texto cheio de particularidades. Há inconsistência de grafias, como o nome da deusa Nuit, que aparece também como Nuith; o fraseado muitas vezes é incomum e dá margem a obscuridades; há mudanças bruscas de "tu" para "vós" e vice-versa; há também o uso de "vós" quando o narrador obviamente se dirige a uma só pessoa; o uso de maiúsculas não segue as regras comuns do idioma original e há mesmo uma palavra que não existe no inglês, questões diligentemente mencionadas por Crowley em seu comentário sobre o livro, publicado em *O Equinócio dos Deuses,* _ que não deve ser confundido com o chamado "Comment", texto curto assinado por Ankh-ef-en-Khonsu, normalmente incluso nas publicações do *Livro da Lei*, aqui traduzido por "Comento" para evitar dubiedade.

O próprio texto do *Livro da Lei* ordena ao escriba, ou seja, Crowley, a não mudar nem mesmo "o estilo de uma letra", o que, segundo ele, o impediu de "Crowley-ficar o Livro inteiro e estragar tudo". Isso porque, afirma o ocultista, as peculiaridades e trechos confusos escondem mensagens que podem ser desveladas por estudos de magick – termo aqui traduzido como "mágicka" –, como, por exemplo, o uso da gematria cabalística, o que ele faz em seu comentário. O texto ainda o instrui a publicar *O Livro da Lei* em vários idiomas, "mas sempre com o original na escrita da Besta; pois na forma fortuita das letras e em suas posições em relação às outras: nisto estão mistérios que nenhuma Besta adivinhará".

Dessa maneira, as peculiaridades do *Livro da Lei* não foram corrigidas por Crowley e são consideradas por ele essenciais para seu estudo, e esta tradução procurou preservá-las da melhor maneira possível, assim como as particularidades do comentário de Crowley, que também registra grafias diferentes (Aiwass e Aiwaz, por exemplo) e o uso de maiúsculas sem seguir as regras do inglês.

Espere, portanto, encontrar nesta tradução construções pouco comuns, como "não é de mim" ("is not of me"), mudanças de conjugação de tu para vós (e vice-versa) no meio da frase, uso incomum de maiúsculas e outras particularidades, todas seguindo estritamente o original. No caso dos versos, fez-se um esforço para a reconstrução das rimas, mas com cuidado para que o texto não se desviasse do sentido. Dessa forma, houve a substituição de rimas consoantes (com finais idênticos) por soantes (em que há apenas a repetição de sons vocálicos), em prol da preservação do sentido semântico.

Um caso peculiar é o da palavra "abstruction", inexistente no inglês, que, segundo nota no texto "The Temple of Solomon the King", publicado no volume I, número 7, da *The Equinox*[1], foi entendida como a combinação das palavras "abstraction" (abstração) e "construction" (construção), significando a preparação de uma réplica da Estela da Revelação. A palavra foi traduzida como "abstrução", seguindo o mesmo princípio da formação do termo a partir de outras duas palavras em inglês.

Estas decisões tradutórias foram tomadas para que o leitor do *Livro da Lei* em português tenha uma experiência semelhante à do leitor do texto em seu idioma original, incluindo suas dificuldades e peculiaridades.

---

1 N.d.T. *http://www.the-equinox.org/vol1/no7/index.html* (consultado em 31.jul.2017)

THE BOOK OF THE LAW

SUB FIGURA CCXX

AS DELIVERED BY

XCIII = 418 TO DCLXVI

LIBER AL

O LIVRO DA LEI

SUB FIGURA CCXX
CONFORME ENTREGUE POR
XCIII = 418 A DCLXVI

VEL LEGIS

—— INTRODUCTION ——

I THE BOOK

1. This book was dictated in Cairo between noon and 1 p.m. on three successive days, April 8th, 9th and 10th in the year 1904.

The Author called himself Aiwass, and claimed to be "the minister of Hoor-Paar-Kraat"; that is, a messenger from the forces ruling this earth at present, as will be explained later on.

How could he prove that he was in fact a being of a kind superior to any of the human race, and so entitled to speak with authority? Evidently he must show KNOWLEDGE and POWER such as no man has ever been known to possess.

2. He showed his KNOWLEDGE chiefly by the use of cipher or cryptogram in certain passages to set forth recondite facts, including some events which had yet to take place, such that no human being could possibly be aware of them; thus, the proof of his claim exists in the manuscript itself. It is independent of any human witness.

—— INTRODUÇÃO ——

I O LIVRO

1. Este livro foi ditado no Cairo entre meio-dia e uma da tarde. em três dias sucessivos, 8, 9 e 10 de abril do ano de 1904.

O Autor chamou a si mesmo de Aiwass e declarou ser o "ministro de Hoor-Paar-Kraat"; ou seja, um mensageiro das forças que regem esta terra no presente, como será posteriormente explicado.

Como ele poderia provar que realmente era um ser superior a qualquer um da raça humana, e assim com o direito de falar com autoridade? Evidentemente precisa demonstrar CONHECIMENTO e PODER como jamais visto em um homem.

2. Ele demonstrou seu CONHECIMENTO sobretudo pelo uso de cifras ou criptogramas em certas passagens para expor fatos recônditos, incluindo eventos que ainda iriam acontecer, de modo que nenhum ser humano poderia estar ciente deles; dessa maneira, a prova de sua afirmação existe no próprio manuscrito. É independente de qualquer testemunho humano.

The study of these passages necessarily demands supreme human scholarship to interpret — it needs years of intense application. A great deal has still to be worked out.

But enough has been discovered to justify his claim; the most sceptical intelligence is compelled to admit its truth.

This matter is best studied under the Master Therion, whose years of arduous research have led him to enlightenment.

On the other hand, the language of most of the Book is admirably simple, clear and vigorous. No one can read it without being stricken in the very core of his being.

3. The more than human POWER of Aiwass is shewn by the influence of his Master, and of the Book, upon actual events: and history fully supports the claim made by him. These facts are appreciable by everyone; but are better understood with the help of the Master Therion.

4. The full detailed account of the events leading up to the dictation of this Book, with facsimile reproduction of the Manuscript and an essay by the Master Therion, is published in The Equinox of the Gods.

II THE UNIVERSE

This Book explains the Universe.

The elements are Nuit — Space — that is, the total of possibilities of every kind — and Hadit, any point which has experience of these possibilities. (This idea is for literary convenience symbolized by the Egyptian Goddess Nuit, a woman bending over like the Arch of the Night Sky. Hadit is symbolized as a Winged Globe at the heart of Nuit.)

O estudo dessas passagens exige necessariamente erudição humana suprema para interpretá-las – Requer anos de intensa dedicação. Grande parte ainda precisa ser entendida. Mas foi descoberto o suficiente para justificar sua afirmação; a inteligência mais cética é impelida a admitir sua verdade.

Este tema é melhor estudado sob Mestre Therion, cujos anos de pesquisa árdua o conduziram à iluminação.

Por outro lado, a linguagem da maior parte do Livro é admiravelmente simples, clara e vigorosa. Ninguém o lê sem ser atingido no âmago de seu ser.

3. O PODER sobre-humano de Aiwass é demonstrado pela influência de seu Mestre e do Livro sobre fatos reais; e a história respalda totalmente a afirmação feita por ele. Esses fatos podem ser apreciados por todos; mas são mais bem entendidos com a ajuda de Mestre Therion.

4. O relato completo e detalhado dos eventos que levaram ao ditado deste Livro, com uma reprodução fac-símile do Manuscrito e um ensaio do Mestre Therion, foi publicado em *O equinócio dos deuses.*

II O UNIVERSO

Este Livro explica o Universo.

Os elementos são Nuit – Espaço –, ou seja, o total de tipos de possibilidades –, e Hadit, qualquer ponto que tem a experiência dessas possibilidades. (Esta ideia é, para conveniência literária, simbolizada pela deusa egípcia Nuit, uma mulher dobrada como o Arco do Céu Noturno. Hadit é simbolizado como um Globo Alado no coração de Nuit.)

Every event is a uniting of some one monad with one of the experiences possible to it.

"Every man and every woman is a star," that is, an aggregate of such experiences, constantly changing with each fresh event, which affects him or her either consciously or subconsciously.

Each one of us has thus an universe of his own, but it is the same universe for each one as soon as it includes all possible experience. This implies the extension of consciousness to include all other consciousness.

In our present stage, the object that you see is never the same as the one that I see; we infer that it is the same because your experience tallies with mine on so many points that the actual differences of our observation are negligible. For instance, if a friend is walking between us, you see only his left side, I his right; but we agree that it is the same man, although we may differ not only as to what we may see of his body but as to what we know of his qualities. This conviction of identity grows stronger as we see him more often and get to know him better. Yet all the time neither of us can know anything of him at all beyond the total impression made on our respective minds.

The above is an extremely crude attempt to explain a system which reconciles all existing schools of philosophy.

Cada acontecimento é a união de alguma mônada com uma das experiências possíveis a ela.

"Cada homem e cada mulher é uma estrela", ou seja, um agregado de tais experiências, mudando constantemente a cada novo acontecimento, que afeta a ela ou a ele consciente ou subconscientemente.

Cada um de nós possui um universo particular mas é o mesmo universo para cada um, uma vez que ele inclui toda a experiência possível. Isso implica a extensão da consciência para incluir todas as outras consciências.

Em nosso presente estágio, o objeto que você vê nunca é o mesmo que aquele que eu vejo; deduzimos que o seja porque sua experiência corresponde à minha em tantos pontos que as diferenças reais de nossa observação são insignificantes. Por exemplo, se um amigo caminha entre nós, você vê apenas seu lado esquerdo, enquanto eu, o direito; mas concordamos que seja o mesmo homem, embora possamos discordar não apenas sobre o que vemos de seu corpo, mas também sobre o que conhecemos de suas qualidades. Esta convicção de identidade se fortalece à medida que o encontramos com mais frequência e passamos a conhecê-lo melhor. Mas durante todo o tempo nenhum de nós pode conhecer nada dele além da impressão total feita em nossas respectivas mentes.

O escrito acima é uma tentativa extremamente grosseira de explicar um sistema que reconcilia todas as escolas de filosofia existentes.

III THE LAW OF THELEMA*

This Book lays down a simple Code of Conduct.

"Do what thou wilt shall be the whole of the Law."

"Love is the law, love under will."

"There is no law beyond Do what thou wilt."

This means that each of us stars is to move on our true orbit, as marked out by the nature of our position, the law of our growth, the impulse of our past experiences. All events are equally lawful — and every one necessary, in the long run — for all of us, in theory; but in practice, only one act is lawful for each one of us at any given moment. Therefore Duty consists in determining to experience the right event from one moment of consciousness to another.

Each action or motion is an act of love, the uniting with one or another part of "Nuit"; each such act must be "under will," chosen so as to fulfil and not to thwart the true nature of the being concerned.

The technical methods of achieving this are to be studied in Magick, or acquired by personal instruction from the Master Therion and his appointed assistants.

---

*Thelema is the Greek for Will, and has the same numerical value as Agape, the Greek for Love.

III A LEI DE THELEMA*

Este livro estabelece um Código de Conduta simples.

"Faze o que tu queres há de ser o todo da Lei."

"Amor é a lei, amor sob a vontade."

"Não há outra lei além de Faze o que tu queres."

Isso significa que cada um de nós, astros, deve se mover em sua verdadeira órbita, conforme marcada pela natureza de nossa posição, a lei de nosso crescimento, o impulso de nossas experiências passadas. Todos os acontecimentos são igualmente lícitos – e cada um deles é necessário, a longo prazo –, para todos nós, em teoria; mas, na prática, apenas um ato é lícito para cada um de nós em um dado momento. Por esta razão, o Dever consiste em determinar a experiência do acontecimento certo de um momento de consciência para outro.

Cada ato ou movimento é um ato de amor, a união com uma ou outra parte de "Nuit"; cada um deles deve ocorrer "sob a vontade", escolhido de modo a atingir, e não frustrar, a verdadeira natureza do ser em questão.

Os métodos técnicos para obter este fim devem ser estudados na Mágicka, ou adquiridos por instrução pessoal do Mestre Therion e seus assistentes nomeados.

*Thelema é a palavra grega para Vontade e tem o mesmo valor numérico que Agape, palavra grega para Amor.

IV THE NEW AEON

The third chapter of the Book is difficult to understand, and may be very repugnant to many people born before the date of the book (April, 1904).

It tells us the characteristics of the Period on which we are now entered. Superficially, they appear appalling. We see some of them already with terrifying clarity. But fear not!

It explains that certain vast "stars" (or aggregates of experience) may be described as Gods. One of these is in charge of the destinies of this planet for periods of 2,000 year.* In the history of the world, as far as we know accurately, are three such Gods: Isis, the mother, when the Universe was conceived as simple nourishment drawn directly from her; this period is marked by matriarchal government.

Next, beginning 500 B.C., Osiris, the father, when the Universe was imagined as catastrophic, love, death, resurrection, as the method by which experience was built up; this corresponds to patriarchal systems.

Now, Horus, the child, in which we come to perceive events as a continual growth partaking in its elements of both these methods, and not to be overcome by circumstance. This present period involves the recognition of the individual as the unit of society.

We realize ourselves as explained in the first paragraphs of this essay. Every event, including death, is only one more accretion to our experience, freely willed by ourselves from the beginning and therefore also predestined.

The moment of change from one period to another is technically called The Equinox of the Gods.

IV O NOVO ÉON

O terceiro capítulo do Livro é difícil de entender e pode ser bastante repugnante para muitas pessoas nascidas antes da data da obra (abril de 1904).

Ele nos fala sobre as características do Período em que entramos agora. Superficialmente, parecem aterradoras. Já vemos algumas delas com terrível clareza. Mas não tema!

Ele explica que certas "estrelas" (ou agregados de experiência) vastas podem ser descritas como Deuses. Um deles está encarregado dos destinos deste planeta por períodos de 2.000 anos.* Na história do mundo, até onde sabemos com precisão, há três dos tais Deuses: Ísis, a mãe, quando o Universo foi concebido como simples alimento retirado diretamente dela; este período é marcado pelo governo matriarcal.

A seguir, com início em 500 a.C., Osíris, o pai, quando o Universo era imaginado como catastrófico, amor, morte, ressureição, como o método pelo qual a experiência era acumulada; isso corresponde aos sistemas patriarcais.

Agora Hórus, o filho, no qual viemos a perceber os acontecimentos como um crescimento continuado que partilha elementos com ambos esses métodos, e não para ser superado pela circunstância. O presente período envolve o reconhecimento do indivíduo como unidade da sociedade.

Percebemos a nós mesmos conforme explicado nos primeiros parágrafos deste ensaio. Cada acontecimento, incluindo a morte, é apenas mais uma acreção à nossa experiência, livremente desejada por nós desde o início e dessa forma também predestinada.

*O momento da mudança de um período para o outro é tecnicamente denominado O Equinócio dos Deuses.

This "God," Horus, has a technical tide: Heru-Ra-Ha, a combination of twin gods, Ra-Hoor-Khuit and Hoor-Paar-Kraat. The meaning of this doctrine must be studied in Magick. (He is symbolized as a Hawk-Headed God enthroned.)

He rules the present period of 2,000 years, beginning in 1904. Everywhere his government is taking root. Observe for yourselves the decay of the sense of sin, the growth of innocence and irresponsibility, the strange modifications of the reproductive instinct with a tendency to become bisexual or epicene, the childlike confidence in progress combined with nightmare fear of catastrophe, against which we are yet half unwilling to take precautions.

Consider the outcrop of dictatorships, only possible when moral growth is in its earliest stages, and the prevalence of infantile cults like Communism, Fascism, Pacifism, Health Crazes, Occultism in nearly all its forms, religions sentimentalised to the point of practical extinction.

Consider the popularity of the cinema, the wireless, the football pools and guessing competitions, all devices for soothing fractious infants, no seed of purpose in them.

Consider sport, the babyish enthusiasms and rages which it excites, whole nations disturbed by disputes between boys.

Consider war, the atrocities which occur daily and leave us unmoved and hardly worried.

We are children.

How this new Aeon of Horus will develop, how the Child will grow up, these are for us to determine, growing up ourselves in the way of the Law of Thelema under the enlightened guidance of the Master Therion.

Este "Deus", Hórus, tem um título técnico: Heru-Ra-Ha, uma combinação de deuses gêmeos, Ra-Hoor-Khuit e Hoor-Paar-Kraat. O significado desta doutrina deve ser estudado em Mágicka. (Ele é simbolizado como um Deus com Cabeça de Falcão no trono)

Ele rege o presente período de 2.000 anos, com início em 1904. Seu governo está se enraizando em todos os lugares. Observem por si mesmos a deterioração do sentido de pecado, o crescimento da inocência e da irresponsabilidade, as estranhas modificações do instinto reprodutivo com a tendência de transformar-se em bissexual ou epiceno, a confiança infantil no progresso combinada com medo apavorante da catástrofe, contra a qual ainda pouco desejamos tomar precauções.

Considere o afloramento das ditaduras, apenas possível quando o crescimento moral está em seus estágios iniciais, e a prevalência de cultos infantis como o Comunismo, o Fascismo, o Pacifismo, dos Modismos de Saúde, do Ocultismo em quase todas as suas formas, religiões sentimentalizadas ao ponto da extinção na prática.

Considere a popularidade do cinema, do rádio, da loteria esportiva e das competições de adivinhação, todos instrumentos para confortar crianças intratáveis, sem semente de propósito neles.

Considere o esporte, os entusiasmos e raivas infantis que ele desperta, nações inteiras perturbadas por disputas entre meninos.

Considere a guerra, as atrocidades que acontecem diariamente e não nos comovem e pouco nos preocupam.

Somos crianças.

Como este novo Éon de Hórus se desenvolverá, como a Criança irá crescer, isso cabe a nós determinar, nós mesmos crescendo de acordo com a Lei do Thelema, sob a orientação iluminada de Mestre Therion.

V THE NEXT STEP

Democracy dodders.

Ferocious Fascism, cackling Communism, equally frauds, cavort crazily all over the globe.

They are hemming us in.

They are abortive births of the Child, the New Aeon of Horus.

Liberty stirs once more in the womb of Time.

Evolution makes its changes by anti-Socialistic ways. The "abnormal" man who foresees the trend of the times and adapts circumstance intelligently, is laughed at, persecuted, often destroyed by the herd; but he and his heirs, when the crisis comes, are survivors.

Above us today hangs a danger never yet paralleled in history. We suppress the individual in more and more ways. We think in terms of the herd. War no longer kills soldiers; it kills all indiscriminately. Every new measure of the most democratic and autocratic govenments is Communistic in essence. It is always restriction. We are all treated as imbecile children. Dora, the Shops Act, the Motoring Laws, Sunday suffocation, the Censorship — they won't trust us to cross the roads at will.

Fascism is like Communism, and dishonest into the bargain. The dictators suppress all art, literature, theatre, music, news, that does not meet their requirements; yet the world only moves by the light of genius. The herd will be destroyed in mass.

V O PRÓXIMO PASSO

A democracia estremece.

O Fascismo feroz, o Comunismo cacarejante, igualmente fraudes, pululam loucamente sobre todo o globo.

Estão nos confinando.

São os abortos da Criança, o Novo Éon de Hórus.

A liberdade novamente se agita no útero do Tempo.

A evolução promove suas mudanças de maneiras antissocialistas. O homem "anormal" que prevê as tendências do tempo e adapta as circunstâncias de modo inteligente é motivo de riso, é perseguido, e frequentemente destruído pelo rebanho; mas ele e seus herdeiros, quando a crise vem, são sobreviventes.

Sobre nós hoje paira um perigo sem paralelo na história. Suprimimos o individual de modos cada vez mais diversos. Pensamos nos termos do rebanho. A guerra já não mata os soldados; mata todos, indiscriminadamente. Cada nova medida dos governos mais democráticos e autocráticos é Comunista em essência. É sempre restrição. Somos todos tratados como crianças imbecis. O Ato de Defesa do Reino[1], o "Shops Act"[2], Leis de Trânsito, a asfixia de domingo, a Censura – não nos permitem cruzar as ruas à vontade.

O Fascismo é como o Comunismo, e além disso desonesto. O ditador suprime toda a arte, literatura, teatro, música e notícia que não cumpre seus requisitos; mas o mundo só se move pela luz do gênio. O rebanho será destruído em massa.

---

[1] N.d.T. Em inglês, "Defence of the Realm Act", lei que dava amplos poderes ao governo britânico depois da entrada do Reino Unido na Primeira Guerra em 1914.

[2] N.d.T. Lei que determinava a concessão de meio dia de folga aos empregados do comércio do Reino Unido, em 1911.

The establishment of the Law of Thelema is the only way to preserve individual liberty and to assure the future of the race.

In the words of the famous paradox of the Comte de Fenix — The absolute rule of the state shall be a function of the absolute liberty of each individual will.

All men and women are invited to cooperate with the Master Therion in this, the Great Work.

O. M.

O estabelecimento da Lei da Thelema é a única maneira de preservar a liberdade individual e assegurar o futuro da raça.

Nas palavras do famoso paradoxo do Comte de Fenix – O governo absoluto do estado deverá ser uma função da liberdade absoluta de cada vontade individual.

Todos os homens e mulheres estão convidados a cooperar com o Mestre Therion nisso, a Grande Obra.

O. M.

—— CHAPTER I ——

1. Had! The manifestation of Nuit.

2. The unveiling of the company of heaven.

3. Every man and every woman is a star.

4. Every number is infinite; there is no difference.

5. Help me, o warrior lord of Thebes, in my unveiling before the Children of men!

6. Be thou Hadit, my secret centre, my heart & my tongue!

7. Behold! it is revealed by Aiwass the minister of Hoor-paar-kraat.

8. The Khabs is in the Khu, not the Khu in the Khabs.

9. Worship then the Khabs, and behold my light shed over you!

—— CAPÍTULO I ——

1. Had! A manifestação de Nuit.

2. O desvelar da companhia do céu.

3. Cada homem e cada mulher é uma estrela.

4. Cada número é infinito; não existe diferença.

5. Ajuda-me, ó senhor guerreiro de Tebas, em meu desvelar diante das Crianças dos homens!

6. Sê tu Hadit, meu centro secreto, meu coração & minha língua!

7. Contemplai! é revelado por Aiwass o ministro de Hoor-paar-kraat.

8. Khabs está em Khu, e não Khu em Khabs.

9. Adorai então Khabs, e contemplai minha luz derramada sobre vós!

10. Let my servants be few & secret: they shall rule the many & the known.

11. These are fools that men adore; both their Gods & their men are fools.

12. Come forth, o children, under the stars, & take your fill of love!

13. I am above you and in you. My ecstasy is in yours. My joy is to see your joy.

14. Above, the gemmed azure is
    The naked splendour of Nuit;
    She bends in ecstasy to kiss
    The secret ardours of Hadit.
    The winged globe, the starry blue,
    Are mine, O Ankh-af-na-khonsu!

15. Now ye shall know that the chosen priest & aposde of infinite space is the prince-priest the Beast; and in his woman called the Scarlet Woman is all power given. They shall gather my children into their fold: they shall bring the glory of the stars into the hearts of men.

16. For he is ever a sun, and she a moon. But to him is the winged secret flame, and to her the stooping starlight.

17. But ye are not so chosen.

18. Burn upon their brows, o splendrous serpent!

19. O azure-lidded woman, bend upon them!

20. The key of the rituals is in the secret word which I have given unto him.

10. Que meus servos sejam poucos & secretos: eles governarão os muitos & os conhecidos.

11. Estes são tolos adorados pelos homens; seus Deuses & seus homens são tolos.

12. Vinde a mim, ó crianças, sob as estrelas, & saciai-vos de amor!

13. Estou acima e dentro de vós. Meu êxtase está no vosso. Meu júbilo é ver o vosso.

14. Acima, o céu cravejado
É o esplendor de Nuit desvelado;
Ela se curva em êxtase para beijar
Os ardores secretos de Hadit.
O globo alado, o estrelado azul
São meus, ó Ankh-af-na-khonsu!

15. Agora sabereis que o sacerdote & apóstolo escolhido do espaço infinito é o príncipe-sacerdote a Besta; e em sua mulher, chamada Mulher Escarlate, todo o poder é dado. Eles reunirão minhas crianças em seu cercado: trarão a glória das estrelas para dentro dos corações dos homens.

16. Pois ele é sempre um sol, e ela, uma lua. Mas para ele é a chama secreta alada, e para ela o luar inclinado.

17. Mas não sois assim escolhidos.

18. Arde sobre as frontes deles, ó serpente esplendorosa!

19. Ó mulher de pálpebras azuis, curva-te sobre eles!

20. A chave dos rituais está na palavra secreta que dei a ele.

21. With the God & the Adorer I am nothing: they do not see me. They are as upon the earth; I am Heaven, and there is no other God than me, and my lord Hadit.

22. Now, therefore, I am known to ye by my name Nuit, and to him by a secret name which I will give him when at last he knoweth me. Since I am Infinite Space, and the Infinite Stars thereof, do ye also thus. Bind nothing! Let there be no difference made among you between any one thing & any other thing; for thereby there cometh hurt.

23. But whoso availeth in this, let him be the chief of all!

24. I am Nuit, and my word is six and fifty.

25. Divide, add, multiply, and understand.

26. Then saith the prophet and slave of the beauteous one: Who am I, and what shall be the sign? So she answered him, bending-down, a lambent flame of blue, all-touching, all penetrant, her lovely hands upon the black earth, & her lithe body arched for love, and her soft feet not hurting the little flowers: Thou knowest! And the sign shall be my ecstasy, the consciousness of the continuity of existence, the omnipresence of my body.

27. Then the priest answered & said unto the Queen of Space, kissing her lovely brows, and the dew of her light bathing his whole body in a sweet-smelling perfume of sweat: O Nuit, continuous one of Heaven, let it be ever thus; that men speak not of Thee as One but as None; and let them speak not of thee at all, since thou art continuous!

28. None, breathed the light, faint & faery, of the stars, and two.

29. For I am divided for love's sake, for the chance of union.

30. This is the creation of the world, that the pain of division is

21. Com o Deus & o Adorador não sou nada: eles não me veem. São como sobre a terra: sou Céu, e não há outro Deus além de mim, e meu senhor Hadit.

22. Agora, portanto, sou conhecida por vós pelo meu nome Nuit, e por ele por um nome secreto que lhe darei quando ele por fim me conhecer. Já que sou Espaço Infinito, e suas Estrelas Infinitas, assim também fazei. Nada prendei! Que entre vós não haja diferença entre uma coisa &outra; pois desse modo virá dor.

23. Mas quem disso tirar proveito, que seja chefe de tudo!

24. Sou Nuit, e minha palavra é seis e cinquenta.

25. Dividi, somai, multiplicai e compreendei.

26. E disse o profeta e escravo da bela: Quem sou eu, e qual será o sinal? Ela então respondeu a ele, curvando-se, uma chama brilhante de azul, que tudo toca, tudo penetra, suas adoráveis mãos sobre a terra negra & seu corpo delgado arqueado para o amor, e seus pés macios sem ferir as pequenas flores: Tu sabes! E o sinal será meu êxtase, a consciência da continuidade da existência, a onipresença de meu corpo.

27. Então o sacerdote respondeu & disse para a Rainha do Espaço, beijando sua bela fronte, e o orvalho da luz dela banhando todo o corpo dele no perfume doce do suor: Ó Nuit, contínua do Céu, que seja sempre assim; que os homens não falem de Ti como Uma, mas como Nenhuma; e que não falem de ti de modo algum, já que és contínua!

28. Nenhuma, respirou a luz, tênue & encantada, das estrelas, e dois.

29. Pois sou dividida pelo bem do amor, pela chance de união.

30. Esta é a criação do mundo, que a dor da divisão é como nada, e o júbilo da dissolução tudo.

as nothing, and the joy of dissolution all.

31. For these fools of men and their woes care not thou at all! They feel little; what is, is balanced by weak joys; but ye are my chosen ones.

32. Obey my prophet! follow out the ordeals of my knowledge! seek me only! Then the joys of my love will redeem ye from all pain. This is so: I swear it by the vault of my body; by my sacred heart and tongue; by all I can give, by all I desire of ye all.

33. Then the priest fell into a deep trance or swoon, & said unto the Queen of Heaven; Write unto us the ordeals; write unto us the rituals; write unto us the law!

34. But she said: the ordeals I write not: the rituals shall be half known and half concealed: the Law is for all.

35. This that thou writest is the threefold book of Law.

36. My scribe Ankh-af-na-khonsu, the priest of the princes, shall not in one letter change this book; but lest there be folly, he shall comment thereupon by the wisdom of Ra-Hoor-Khuit.

37. Also the mantras and spells; the obeah and the wanga; the work of the wand and the work of the sword; these he shall learn and teach.

38. He must teach; but he may make severe the ordeals.

39. The word of the Law is THELEMA.

40. Who calls us Thelemites will do no wrong, if he look but close into the word. For there are therein Three Grades, the Hermit, and the Lover, and the man of Earth. Do what thou wilt shall be the whole of the Law.

31. Não te importes com esses tolos dos homens e seus sofrimentos! Eles pouco sentem; o que é, é equilibrado por tênues júbilos; mas vós sois meus escolhidos.

32. Obedecei ao meu profeta! segui as provações de meu conhecimento! buscai apenas a mim! Então os júbilos de meu amor vos redimirão de toda a dor. Assim é: juro pela abóbada de meu corpo; por meu coração e língua sagrados; por tudo que posso dar, por tudo o que desejo de vós todos.

33. Então o sacerdote caiu em um transe profundo ou desmaiou & disse para a Rainha do Céu; Escreve-nos as provações; escreve-nos os rituais; escreve-nos a lei!

34. Mas ela disse: não escreverei as provações: os rituais serão metade conhecidos, metade ocultos: a Lei é para todos.

35. Isso que escreves é o livro tríplice da Lei.

36. Meu escriba Ankh-af-na-khonsu, o sacerdote dos príncipes, não deverá mudar uma letra neste livro; mas para que não haja tolices, ele comentará logo a seguir pela sabedoria de Ra-Hoor-Khuit.

37. Também os mantras e feitiços; obeah e wanga; o trabalho da vara e da espada; isso ele deverá aprender e ensinar.

38. Ele deve ensinar; mas pode tornar severas as provações.

39. A palavra da Lei é THELEMA.

40. Aquele que nos chamar de Thelemitas não errará, se observar de perto a palavra. Pois há nisto Três Graus, o Eremita, e o Amante, e o homem da Terra. Faze o que tu queres há de ser o todo da Lei.

41. The word of Sin is Restriction. O man! refuse not thy wife, if she will! O lover, if thou wilt, depart! There is no bond that can unite the divided but love: all else is a curse. Accursed! Accursed be it to the aeons! Hell.

42. Let it be that state of manyhood bound and loathing. So with thy all; thou hast no right but to do thy will.

43. Do that, and no other shall say nay.

44. For pure will, unassuaged of purpose, delivered from the lust of result, is every way perfect.

45. The Perfect and the Perfect are one Perfect and not two; nay, are none!

46. Nothing is a secret key of this law. Sixty-one the Jews call it; I call it eight, eighty, four hundred & eighteen.

47. But they have the half: unite by thine art so that all disappear.

48. My prophet is a fool with his one, one, one; are not they the Ox, and none by the Book?

49. Abrogate are all rituals, all ordeals, all words and signs. Ra-Hoor-Khuit hath taken his seat in the East at the Equinox of the Gods; and let Asar be with Isa, who also are one. But they are not of me. Let Asar be the adorant, Isa the sufferer; Hoor in his secret name and splendour is the Lord initiating.

50. There is a word to say about the Hierophantic task. Behold! there are three ordeals in one, and it may be given in three ways. The gross must pass through fire; let the fine be tried in intellect, and the lofty chosen ones in the highest. Thus ye have star & star, system & system; let not one know well the other!

41. A palavra do Pecado é Restrição. Ó homem! Não recuses tua mulher, se ela deseja! Ó amante, se desejares, parte! Não há laço que possa unir o dividido a não ser o amor: tudo o mais é uma maldição. Maldito! Maldito seja pelos éons! Inferno.

42. Que aquele estado de multiplicidade seja atado e abominável. Assim com todos vós: tu não tens direitos a não ser fazer tua vontade.

43. Faze-o, e nenhum outro dirá não.

44. Pois a vontade pura, sem abrandamento de propósito, livre da luxúria do resultado, é perfeita de todos os modos.

45. O Perfeito e o Perfeito são um Perfeito, e não dois; não, são nenhum!

46. Nada é uma chave secreta desta lei. Os judeus a chamam de sessenta e um; eu a chamo oito, oitenta, quatrocentos & dezoito.

47. Mas eles têm a metade: uni por vossa arte, para que tudo desapareça.

48. Meu profeta é um tolo com seu um, um, um; não são o Boi, e nenhum pelo Livro?

49. Estão abolidos todos os rituais, todas as provações, todas as palavras e sinais. Ra-Hoor-Khuit tomou seu assento no Leste no Equinócio dos Deuses; e que Asar esteja com Isa, que são também um. Mas não são de mim. Que Asar seja o adorador, Isa, o sofredor; Hoor, em seu nome secreto e esplendor, é o Senhor iniciando.

50. Há uma palavra a dizer sobre a tarefa Hierofântica. Contemplai! há três provações em uma, e pode ser dada de três maneiras. O grosso deve passar pelo fogo; que o fino seja testado em intelecto, e os escolhidos altivos, no mais alto.

51. There are four gates to one palace; the floor of that palace is of silver and gold; lapis lazuli & jasper are there; and all rare scents; jasmine & rose, and the emblems of death. Let him enter in turn or at once the four gates; let him stand on the floor of the palace. Will he not sink? Amn. Ho! warrior, if thy servant sink? But there are means and means. Be goodly therefore: dress ye all in fine apparel; eat rich foods and drink sweet wines and wines that foam! Also, take your fill and will of love as ye will, when, where and with whom ye will! But always unto me.

52. If this be not aright; if ye confound the space-marks, saying: They are one; or saying, They are many; if the ritual be not ever unto me: then expect the direful judgments of Ra Hoor Khuit!

53. This shall regenerate the world, the little world my sister, my heart & my tongue, unto whom I send this kiss. Also, o scribe and prophet, though thou be of the princes, it shall not assuage thee nor absolve thee. But ecstasy be thine and joy of earth: ever To me! To me!

54. Change not as much as the style of a letter; for behold! thou, o prophet, shalt not behold all these mysteries hidden therein.

55. The child of thy bowels, he shall behold them.

56. Expect him not from the East, nor from the West; for from no expected house cometh that child. Aum! All words are sacred and all prophets true; save only that they understand a little; solve the first half of the equation, leave the second unattacked. But thou hast all in the clear light, and some, though not all, in the dark.

Assim tereis estrela & estrela, sistema & sistema; que um não conheça bem o outro!

51. Há quarto portões para um palácio; o chão daquele palácio é de prata e de ouro; lápis-lazúli e jaspe aqui estão; e todos os aromas raros; jasmim & rosa, e os emblemas da morte. Que ele entre sucessivamente ou de uma só vez pelos quatro portões; que fique de pé no chão do palácio. Não afundará? Amn. Ho! guerreiro, e se teu servo afundar? Mas há meios e meios. Portanto, sê atraente: usa belas vestimentas; come comidas ricas e bebe vinhos doces e vinhos que espumam! Além disso, farta-te de amor e desejo como quiseres, quando, onde e com quem quiseres! Mas sempre em direção a mim.

52. Se isso não estiver certo; se confundirdes as marcas de espaço, dizendo: São uma; ou dizendo, São muitas; se o ritual não for sempre para mim: então espereis os julgamentos terríveis de Ra Hoor Khuit!

53. Isso irá regenerar o mundo, o pequeno mundo minha irmã, meu coração & minha língua, a quem envio este beijo. Além disso, ó escriba e profeta, embora sejas dos príncipes, isso não te aliviará ou te absolverá. Mas que o êxtase seja teu e o júbilo da terra: sempre Para mim! Para mim!

54. Não mudes sequer o estilo de uma letra; pois contempla! tu, ó profeta, não contemplarás todos estes mistérios ocultos nisto.

55. O filho de tuas entranhas, ele deverá contemplá-las.

56. Não o esperes do Leste, nem do Oeste; pois aquela criança não vem de nenhuma casa prevista. Aum! Todas as palavras são sagradas, e todos os profetas, verdadeiros; salvo apenas que entendem um pouco; resolvem a primeira metade da equação, deixam a segunda sem atacar. Mas tu tens tudo sob luz clara, e algo, embora não tudo, no escuro.

57. Invoke me under my stars! Love is the law, love under will. Nor let the fools mistake love; for there are love and love. There is the dove, and there is the serpent. Choose ye well! He, my prophet, hath chosen, knowing the law of the fortress, and the great mystery of the House of God.

All these old letters of my Book are aright; but [Tzaddi] is not the Star. This also is secret: my prophet shall reveal it to the wise.

58. I give unimaginable joys on earth: certainty, not faith, while in life, upon death; peace unutterable, rest, ecstasy; nor do I demand aught in sacrifice.

59. My incense is of resinous woods & gums; and there is no blood therein: because of my hair the trees of Eternity.

60. My number is 1 1, as all their numbers who are of us. The Five Pointed Star, with a Circle in the Middle, & the circle is Red. My colour is black to the blind, but the blue & gold are seen of the seeing. Also I have asecret glory for them that love me.

61. But to love me is better than all things: if under the night stars in the desert thou presently burnest mine incense before me, invoking me with a pure heart, and the Serpent flame therein, thou shalt come a little to lie in my bosom. For one kiss wilt thou then be willing to give all; but whoso gives one particle of dust shall lose all in that hour. Ye shall gather goods and store of women and spices; ye shall wear rich jewels; ye shall exceed the nations of the earth in spendour & pride; but always in the love of me, and so shall ye come to my joy. I charge you earnestly to come before me in a single robe, and covered with a rich headdress. I love you! I yearn to you! Pale or purple, veiled or voluptuous, I who am all pleasure and purple, and drunkenness of the innermost sense, desire you. Put on the wings, and arouse the coiled splendour within you: come unto me!

57. Invocai-me sob minhas estrelas! O amor é a lei, amor sob a vontade. Não permitais que os tolos se enganem com o amor; pois há amor e amor. Há o pombo, e há a serpente. Escolhei bem! Ele, meu profeta, decidiu, conhecendo a lei da fortaleza, e o grande mistério da Casa de Deus.

Todas estas velhas letras de meu Livro estão corretas; mas [Tzaddi] não é a Estrela. Isto também é segredo: meu profeta o revelará aos sábios.

58. Concedo júbilos inimagináveis na terra: certeza, não fé, durante a vida, na morte; paz indescritível, descanso, êxtase; nem demando nada em sacrifício.

59. Meu incenso é de madeiras resinosas & gomas; e não há sangue neles: por causa de meus cabelos as árvores da Eternidade.

60. Meu número é 11, como todos os números que são de nós. A Estrela de Cinco Pontas, com um Círculo no Meio, & e o círculo é Vermelho. Minha cor é negra para os cegos, mas o azul & o dourado são vistos dos que veem. Além disso, tenho uma glória secreta para os que me amam.

61. Mas me amar é melhor do que todas as coisas: se, sob as estrelas da noite no deserto queimares agora incenso diante de mim, invocando-me com um coração puro, e a chama da Serpente dentro, virás se deitar um pouco em meu peito. Por um beijo estarás então disposto a dar tudo; mas aquele que dá uma partícula de poeira irá perder tudo naquela hora. Ireis juntar bens e suprimentos de mulheres e especiarias; usareis joias ricas; excedereis as nações da terra em esplendor & orgulho; mas sempre em amor por mim, e assim vireis para meu júbilo. Eu vos ordeno seriamente que venhais diante de mim em uma só túnica, coberto com um rico adereço na cabeça. Eu vos amo! Eu anseio por vós! Pálida ou púrpura, velada ou voluptuosa, eu que sou totalmente prazer e púrpura, e embriaguez do mas recôndito sentido, vos desejo. Colocai as asas e despertai o esplendor enrodilhado dentro de vós: vinde a mim.

62. At all my meetings with you shall the priestess say — and her eyes shall burn with desire as she stands bare and rejoicing in my secret temple — To me! To me! calling forth the flame of the hearts of all in her love-chant.

63. Sing the rapturous love-song unto me! Burn to me perfumes! Wear to me jewels! Drink to me, for I love you! I love you!

64. I am the blue-lidded daughter of Sunset; I am the naked brilliance of the voluptuous night-sky.

65. To me! To me!

66. The Manifestation of Nuit is at an end.

62. Em todos os meus encontros convosco a sacerdotisa deverá dizer – e os olhos dela deverão arder de desejo enquanto ela fica nua e se regozija em meu templo secreto – Para mim! Para mim! convocando a chama dos corações de todos em seu cântico de amor.

63. Cantai a música de amor extasiada para mim! Queimai perfumes para mim! Usai joias para mim! Bebei em minha honra, pois eu vos amo! Eu vos amo!

64. Sou a filha de pálpebras azuis do Ocaso; sou o brilho nu do voluptuoso céu noturno.

65. Para mim! Para mim!

66. A Manifestação de Nuit está no fim.

CHAPTER II

1. Nu! the hiding of Hadit.

2. Come! all ye, and learn the secret that hath not yet been revealed. I, Hadit, am the complement of Nu, my bride. I am not extended, and Khabs is the name of my House.

3. In the sphere I am everywhere the centre, as she, the circumference, is nowhere found.

4. Yet she shall be known & I never.

5. Behold! the rituals of the old time are black. Let the evil ones be cast away; let the good ones be purged by the prophet! Then shall this Knowledge go aright.

6. I am the flame that burns in every heart of man, and in the core of every star. I am Life, and the giver of Life, yet therefore is theknowledge of me the knowledge of death.

—— CAPÍTULO II ——

1. Nu! o esconderijo de Hadit.

2. Vinde! todos vós, e aprendei o segredo que não foi ainda revelado. Eu, Hadit, sou o complemento de Nu, minha noiva. Não sou estendido, e Khabs é o nome da minha Casa.

3. Na esfera sou em todos os lugares o centro, enquanto ela, a circunferência, não é encontrada.

4. No entanto ela será conhecida & eu nunca.

5. Contemplai! Os rituais dos velhos tempos são negros. Que os maus sejam expulsos; que os bons sejam purgados pelo profeta! Então este Conhecimento seguirá certo.

6. Sou a chama que arde em cada coração do homem, e no âmago de cada estrela. Sou a Vida, e quem dá Vida; e no entanto, assim, o conhecimento de mim é o conhecimento da morte.

7. I am the Magician and the Exorcist. I am the axle of the wheel, and the cube in the circle. "Come unto me" is a foolish word: for it is I that go.

8. Who worshipped Heru-pa-kraath have worshipped me; ill, for I am the worshipper.

9. Remember all ye that existence is pure joy; that all the sorrows are but as shadows; they pass & are done; but there is that which remains.

10. O prophet! thou hast ill will to learn this writing.

11. I see thee hate the hand & the pen; but I am stronger.

12. Because of me in Thee which thou knewest not.

13. for why? Because thou wast the knower, and me.

14. Now let there be a veiling of this shrine: now let the light devour men and eat them up with blindness!

15. For I am perfect, being Not; and my number is nine by the fools; but with the just I am eight, and one in eight: Which is vital, for I am none indeed. The Empress and the King are not of me; for there is a further secret.

16. I am The Empress & the Hierophant. Thus eleven, as my bride is eleven.

17. Hear me, ye people of sighing!
The sorrows of pain and regret
Are left to the dead and the dying,
The folk that not know me as yet.

18. These are dead, these fellows; they feel not. We are not for the poor and sad: the lords of the earth are our kinsfolk.

7. Sou o Mago e o Exorcista. Sou o eixo da roda, e o cubo no círculo. "Vinde a mim" é uma palavra tola: pois sou eu quem vou.

8. Quem adorou Heru-pa-kraath me adorou; mal, pois eu sou o adorador.

9. Lembrai todos vós que a existência é puro júbilo; que todas as tristezas são apenas sombras; elas passam & terminam, mas há aquilo que permanece.

10. Ó profeta! tens má vontade para aprender essa escrita.

11. Eu te vejo odiar a mão & a caneta; mas sou mais forte.

12. Por causa de mim em Ti que tu não conhecias.

13. por quê? Porque tu eras o conhecedor, e eu.

14. Que haja agora um velar deste santuário: que agora a luz devore os homens e os consuma com cegueira!

15. Pois sou perfeito, Não sendo; e meu número é nove pelos tolos; mas com o justo sou oito, e um em oito: O que é vital, pois sou nenhum de fato. A Imperatriz e o Rei não são de mim, pois há mais um segredo.

16. Sou a Imperatriz & o Hierofante. Assim, onze, como minha noiva é onze.

17. Ouvi-me, vós, pessoas lamuriantes!
As tristezas da dor e do arrependimento
São deixadas aos mortos e agonizantes,
O povo que não me conhece até o momento.

18. Eles estão mortos, esses camaradas; não sentem. Não somos para o pobre e o triste: os senhores da terra são nossos parentes.

19. Is a God to live in a dog? No! but the highest are of us. They shall rejoice, our chosen: who sorroweth is not of us.

20. Beauty and strength, leaping laughter and delicious languor, force and fire, are of us.

21. We have nothing with the outcast and the unfit: let them die in their misery. For they feel not.

Compassion is the vice of kings: stamp down the wretched & the weak: this is the law of the strong: this is our law and the joy of the world. Think not, o king, upon that lie: That Thou Must Die: verily thou shalt not die, but live. Now let it be understood: If the body of the King dissolve, he shall remain in pure ecstasy for ever. Nuit! Hadit! Ra-Hoor-Khuit! The Sun, Strength & Sight, Light; these are for the servants of the Star & the Snake.

22. I am the Snake that giveth Knowledge & Delight and bright glory, and stir the hearts of men with drunkenness. To worship me take wine and strange drugs whereof I will tell my prophet, & be drunk thereof! They shall not harm ye at all. It is a lie, this folly against self. The exposure of innocence is a lie. Be strong, o man! lust, enjoy all things of sense and rapture: fear not that any God shall deny thee for this.

23. I am alone: there is no God where I am.

24. Behold! these be grave mysteries; for there are also of my friends who be hermits. Now think not to find them in the forest or on the mountain; but in beds of purple, caressed by magnificent beasts of women with large limbs, and fire and light in their eyes, and masses of flaming hair about them; there shall ye find them. Ye shall see them at rule, at victorious armies, at all the joy; and there shall be in them a joy a million times greater than this. Beware lest any force another, King against King!

Love one another with burning hearts; on the low men trample in the fierce lust of your pride, in the day of your wrath.

19. Um Deus deveria viver num cão? Não! mas os mais elevados são de nós. Eles se rejubilarão, nossos escolhidos: quem se entristece não é de nós.

20. Beleza e força, riso cascateante e languidez deliciosa, força e fogo, são de nós.

21. Nada temos com os párias e desajustados: que morram em sua infelicidade. Pois eles não sentem. Compaixão é o vício dos reis; pisoteia os deploráveis & os fracos: esta é a lei dos fortes: esta é nossa lei e o júbilo do mundo. Não pense, ó rei, sobre aquela mentira: Que Deves Morrer: verdadeiramente não irás morrer, mas viver. Agora, que seja compreendido: se o corpo do Rei se dissolve, ele permanecerá em puro êxtase para sempre. Nuit! Hadit! Ra-Hoor-Khuit! O Sol, Força & Visão, Luz; estes são para os servos da Estrela & da Serpente.

22. Sou a Serpente que dá Conhecimento & Deleite e traz glória radiante, e agita os corações dos homens com a embriaguez. Para me adorar, tomai o vinho e as drogas estranhas das quais direi ao meu profeta & embebedai-vos delas! Elas não vos farão nenhum mal. É uma mentira, essa tolice contra si. A exposição da inocência é uma mentira. Sê forte, ó homem! deseja, desfruta de todas as coisas do sentido e do arrebatamento; não temas que qualquer Deus te renegue por isso.

23. Estou só: não há Deus onde estou.

24. Contemplai! estes são mistérios graves; pois há também dos meus amigos que são eremitas. Mas não penseis em encontrá-los na floresta ou nas montanhas; mas em camas de púrpura, acariciados por bestas magníficas de mulheres com grandes membros, e fogo e luz em seus olhos, e massas de cabelos flamejantes em torno delas; ali os encontrareis. Vós os vereis no governo, em exércitos vitoriosos, em todo o júbilo; e haverá neles um júbilo um milhão de vezes maior que este. Cuidado, para que um não force outro, Rei contra Rei!

25. Ye are against the people, O my chosen!

26. I am the secret Serpent coiled about to spring: in my coiling there is joy. If I lift up my head, I and my Nuit are one. If I droop down mine head, and shoot forth venom, then is rapture of the earth, and I and the earth are one.

27. There is great danger in me; for who doth not understand these runes shall make a great miss. He shall fall down into the pit called Because, and there he shall perish with the dogs of Reason.

28. Now a curse upon Because and his kin!

29. May Because be accursed for ever!

30. If Will stops and cries Why, invoking Because, then Will stops & does nought.

31. If Power asks why, then is Power weakness.

32. Also reason is a lie; for there is a factor infinite & unknown; & all their words are skew-wise.

33. Enough of Because! Be he damned for a dog!

34. But ye, o my people, rise up & awake!

35. Let the rituals be righdy performed with joy & beauty!

36. There are rituals of the elements and feasts of the times.

37. A feast for the first night of the Prophet and his Bride!

38. A feast for the three days of the writing of the Book of the Law.

Amai-vos uns aos outros com corações ardentes; nos homens baixos, pisai no desejo feroz de vosso orgulho, no dia de vossa ira.

25. Vós sois contra o povo, Ó meus escolhidos!

26. Sou a Serpente secreta enrodilhada, pronta para o bote: em meu enrodilhado há júbilo. Se levanto minha cabeça, eu e minha Nuit somos um. Se baixo a cabeça, e lanço veneno, então é o arrebatamento da terra, e eu e a terra somos um.

27. Há grande perigo em mim; pois quem não entende estas runas cometerá um grande erro. Ele cairá na cova chamada Porque, e ali perecerá com os cães da Razão.

28. Agora uma maldição sobre Porque e seus parentes!

29. Que Porque seja maldito para sempre!

30. Se a Vontade para e grita Por quê, invocando Porque, então a Vontade para & nada faz.

31. Se o Poder pergunta por quê, então Poder é fraqueza.

32. Razão também é uma mentira; pois há um fator infinito & desconhecido; & todas as palavras deles são enviesadas.

33. Basta de Porque! Seja ele amaldiçoado para um cão!

34. Mas vós, ó meu povo, levantai & acordai!

35. Que os rituais sejam feitos corretamente, com júbilo & beleza!

36. Há rituais dos elementos e festejos dos tempos.

37. Um festejo para a primeira noite do Profeta e sua Noiva!

38. Um festejo pelos três dias da escrita do Livro da Lei.

39. A feast for Tahuti and the child of the Prophet—secret, O Prophet!

40. A feast for the Supreme Ritual, and a feast for the Equinox of the Gods.

41. A feast for fire and a feast for water; a feast for life and a greater feast for death!

42. A feast every day in your hearts in the joy of my rapture!

43. A feast every night unto Nu, and the pleasure of uttermost delight!

44. Aye! feast! rejoice! there is no dread hereafter. There is the dissolution, and eternal ecstasy in the kisses of Nu.

45. There is death for the dogs.

46. Dost thou fail? Art thou sorry? Is fear in thine heart?

47. Where I am these are not.

48. Pity not the fallen! I never knew them. I am not for them. I console not: I hate the consoled & the consoler.

49. I am unique & conqueror. I am not of the slaves that perish. Be they damned & dead! Amen. (This is of the 4: there is a fifth who is invisible, & therein am I as a babe in an egg.)

50. Blue am I and gold in the light of my bride: but the red gleam is in my eyes; & my spangles are purple & green.

51. Purple beyond purple: it is the light higher than eyesight.

39. Um festejo para Tahuti e a criança do Profeta – secreto, Ó Profeta!

40. Um festejo para o Ritual Supremo, e um festejo para o Equinócio dos Deuses.

41. Um festejo para o fogo e um festejo para a água; um festejo para a vida e um festejo maior para a morte!

42. Um festejo todos os dias em vossos corações no júbilo de meu arrebatamento!

43. Um festejo todas as noites para Nu, e o prazer do deleite máximo!

44. Sim! festejai! rejubilai-vos! não há temor daqui em diante. Há a dissolução, e o êxtase eterno nos beijos de Nu.

45. Há morte para os cães.

46. Falhas? Estás arrependido? Há medo em teu coração?

47. Onde estou essas coisas não existem.

48. Não tenhais pena dos caídos! Nunca os conheci. Não sou para eles. Não consolo: odeio o consolado e o consolador.

49. Sou único & conquistador. Não sou dos escravos que perecem. Que sejam amaldiçoados e mortos. Amém. (Isto é do 4: há um quinto que é invisível, & ali sou como um bebê em um ovo.)

50. Azul eu sou, e dourado na luz de minha noiva: mas o brilho vermelho está em meus olhos; & minhas lantejoulas são das cores púrpura & verde.

51. Púrpura além do púrpura: é a luz mais alta que a visão.

52. There is a veil: that veil is black. It is the veil of the modest woman; it is the veil of sorrow, & the pall of death: this is none of me. Tear down that lying spectre of the centuries: veil not your vices in virtuous words: these vices are my service; ye do well, & I will reward you here and hereafter.

53. Fear not, o prophet, when these words are said, thou shalt not be sorry. Thou art emphatically my chosen; and blessed are the eyes that thou shalt look upon with gladness. But I will hide thee in a mask of sorrow: they that see thee shall fear thou art fallen: but I lift thee up.

54. Nor shall they who cry aloud their folly that thou meanest nought avail; thou shall reveal it: thou availest: they are the slaves of because: They are not of me. The stops as thou wilt; the letters? change them not in style or value!

55. Thou shalt obtain the order & value of the English Alphabet; thou shalt find new symbols to attribute them unto.

56. Begone! ye mockers; even though ye laugh in my honour ye shall laugh not long: then when ye are sad know that I have forsaken you.

57. He that is righteous shall be righteous still; he that is filthy shall be filthy still.

58. Yea! deem not of change: ye shall be as ye are, & not other. Therefore the kings of the earth shall be Kings for ever: the slaves shall serve. There is none that shall be cast down or lifted up: all is ever as it was. Yet there are masked ones my servants: it may be that yonder beggar is a King. A King may choose his garment as he will: there is no certain test: but a beggar cannot hide his poverty.

59. Beware therefore! Love all, lest perchance is a King concealed! Say you so? Fool! If he be a King, thou canst not hurt him.

52. Há um véu: este véu é negro. É o véu da mulher modesta, é o véu da tristeza & a mortalha da morte: nada disso é de mim. Rasgai aquele espectro mentiroso dos séculos: não veleis vossos vícios em palavras virtuosas: esses vícios são meus serviços; fazei-os bem & eu vos recompensarei aqui e no além.

53. Não temas, ó profeta, quando estas palavras são ditas, não te arrependerás. Tu és enfaticamente meu escolhido; e abençoados sejam os olhos que tu contemplarás com felicidade. Mas te esconderei em uma máscara de tristeza: os que te virem temerão que tenhas caído: mas eu te levantarei.

54. Nem aqueles que gritam alto em sua tolice que tu não significas nenhum proveito; deverás revelar: tu tens proveito: eles são escravos de porque: Não são de mim. As pausas como desejares; as letras? não as mude em estilo ou valor!

55. Obterás a ordem & o valor do Alfabeto inglês; encontrarás novos símbolos para atribuir a ele.

56. Fora! vós, zombadores; embora riais em minha honra, não rireis por muito tempo; então, quando estiverdes tristes, saibais que vos abandonei.

57. Aquele que é justo ainda será justo; aquele que é imundo ainda será imundo.

58. Sim! Não considereis mudança: sereis como sois & não outro. Desta maneira, os reis da terra serão Reis para sempre: os escravos servirão. Não há ninguém que será derrubado ou levantado: tudo é como sempre foi. Porém há mascarados meus servos: pode ser que o mendigo ali seja um Rei. Um Rei pode escolher suas vestes como desejar: não há teste certo: mas um mendigo não pode esconder sua pobreza.

59. Portanto, cuidado! Amai todos, caso porventura um Rei esteja Escondido! Dizes isso? Tolo! Se ele for um Rei, não podes feri-lo.

60. Therefore strike hard & low, and to hell with them, master!

61. There is a light before thine eyes, o prophet, a light unde-sired, most desirable.

62. I am uplifted in thine heart; and the kisses of the stars rain hard upon thy body.

63. Thou art exhaust in the voluptuous fullness of the inspi-ration; the expiration is sweeter than death, more rapid and laughterful than a caress of Hell's own worm.

64. Oh! thou art overcome: we are upon thee; our delight is all over thee: hail! hail: prophet of Nu! prophet of Had! prophet of Ra-Hoor-Khu! Now rejoice! now come in our splendour & rapture! Come in our passionate peace, & write sweet words for the Kings.

65. I am the Master: thou art the Holy Chosen One.

66. Write, & find ecstasy in writing! Work, & be our bed in work-ing! Thrill with the joy of life & death! Ah! thy death shall be lovely: whososeeth it shall be glad. Thy death shall be the seal of the promise of our age long love. Come! lift up thine heart & rejoice! We are one; we are none.

67. Hold! Hold! Bear up in thy rapture; fall not in swoon of the excellent kisses!

68. Harder! Hold up thyself! Lift thine head! breathe not so deep — die!

69. Ah! Ah! What do I feel? Is the word exhausted?

70. There is help & hope in other spells. Wisdom says: be strong! Then canst thou bear more joy. Be not animal; refine thy rap-ture! If thou drink, drink by the eight and ninety rules of art: if

60. Portanto golpeies forte e baixo, e para o inferno com eles, mestre!

61. Há uma luz diante de teus olhos, ó profeta, uma luz indesejada, a mais desejável.

62. Sou exaltado em teu coração; e os beijos das estrelas chovem forte sobre teu corpo.

63. Estás exausto na plenitude voluptuosa da inspiração; a expiração é mais doce que a morte, mais rápida e risonha que uma carícia do verme do próprio Inferno.

64. Oh! estás derrotado: estamos sobre ti: nosso deleite está todo sobre ti: salve! salve: profeta de Nu! profeta de Had! profeta de Ra-Hoor-Khu! Agora rejubila-te! agora vem em nosso esplendor & arrebatamento! Vem em nossa paz passional & escreve doces palavras para os Reis.

65. Sou o Mestre: tu és o Escolhido Sagrado.

66. Escreve & encontra êxtase na escrita! Trabalha & sê nossa cama trabalhando! Vibra com o júbilo da vida & da morte! Ah! tua morte será amável: quem a vir ficará feliz. Tua morte será o selo da promessa de nosso amor de eras. Vem! levanta teu coração & rejubila-te! Somos um; somos nenhum.

67. Resiste! Resiste! Aguenta em teu arrebatamento; não caias no desfalecimento dos beijos excelentes!

68. Mais firme! Aguenta-te! Levanta tua cabeça! não respires tão profundamente – morre!

69. Ah! Ah! O que eu sinto? A palavra está esgotada?

70. Há ajuda e esperança em outros feitiços. A sabedoria diz: sê forte! Então poderás aguentar mais júbilo. Não sejas animal;

thou love, exceed by delicacy; and if thou do aught joyous, let there be subtlety therein!

71. But exceed! exceed!

72. Strive ever to more! and if thou art truly mine — and doubt it not, an if thou art ever joyous! — death is the crown of all.

73. Ah! Ah! Death! Death! thou shalt long for death. Death is forbidden, o man, unto thee.

74. The length of thy longing shall be the strength of its glory. He that lives long & desires death much is ever the King among the Kings.

75. Aye! listen to the numbers & the words:

76. 4638ABK24ALGMOR3YX24 89RPSTOVAL. What meaneth this, o prophet?

Thou knowest not; nor shalt thou know ever. There cometh one to follow thee: he shall expound it.

But remember, o chose none, to be me; to follow the love of Nu in the star-lit heaven; to look forth upon men, to tell them this glad word.

77. O be thou proud and mighty among men!

78. Lift up thyself! for there is none like unto thee among men or among Gods! Lift up thyself, o my prophet, thy stature shall surpass the stars. They shall worship thy name, foursquare, mystic, wonderful, the number of the man; and the name of thy house 418.

79. The end of the hiding of Hadit; and blessing & worship to the prophet of the lovely Star!

refina teu arrebatamento! Se beberes, bebe pelas oito e noventa regras da arte: se amares, excede em delicadeza; e se fazes qualquer coisa de jubiloso, que haja sutileza nisso!

71. Mas excede! excede!

72. Sempre esforça-te por mais! e se és verdadeiramente meu – e não duvide, se és sempre feliz! – a morte é a coroa de tudo.

73. Ah! Ah! Morte! Morte! ansiarás pela morte. A morte é proibida, ó homem, para ti.

74. A extensão de teu anseio será a força da glória dele. Aquele que vive longamente & deseja muito a morte é sempre Rei entre os Reis.

75. Sim! ouça os números & as palavras:

76. 4638ABK24ALGMOR3YX24 89RPSTOVAL. O que isto significa, ó profeta?

Tu não sabes; nem jamais saberás. Ali vem um para segui-lo: ele deverá expor isso.

Mas lembra-te, ó escolhido, de ser eu; de seguir o amor de Nu no céu iluminado de estrelas; de olhar para os homens, de dizer a eles esta palavra feliz.

77. Ó sê tu orgulhoso e poderoso entre os homens!

78. Ergue-te! pois não há ninguém como tu entre os homens ou entre os Deuses! Ergue-te, ó meu profeta, tua estatura ultrapassará as estrelas. Elas adorarão teu nome, quadrangular, místico, maravilhoso, o número do homem; e o nome de tua casa 418.

79. O fim do esconderijo de Hadit; e bênçãos & adoração ao profeta da adorável Estrela!

CHAPTER III

1. Abrahadabra; the reward of Ra Hoor Khut.

2. There is division hither homeward; there is a word not known. Spelling is defunct; all is not aught.
    Beware! Hold! Raise the spell of Ra-Hoor-Khuit!

3. Now let it be first understood that I am a god of War and of Vengeance. I shall deal hardly with them.

4. Choose ye an island!

5. Fortify it!

6. Dung it about with enginery of war!

7. I will give you a war-engine.

8. With it ye shall smite the peoples; and none shall stand before you.

—— CAPÍTULO III ——

1. Abrahadabra; a recompensa de Ra Hoor Khut.

2. Há divisão vindo cá para casa; há uma palavra desconhecida. Soletrar já não existe; tudo não é qualquer coisa.
   Cuidado! Resisti! Levantai o feitiço de Ra-Hoor-Khuit!

3. Agora que seja primeiro entendido que sou um deus de Guerra e Vingança. Serei duro com eles.

4. Escolhei uma ilha!

5. Fortificai-a!

6. Adubai-a com maquinaria de guerra!

7. Eu vos darei uma máquina de guerra.

8. Com ela golpeareis os povos; e ninguém ficará de pé diante de vós.

9. Lurk! Withdraw! Upon them! this is the Law of the Batde of Conquest: thus shall my worship be about my secret house.

10. Get the stele of revealing itself; set it in thy secret temple — and that temple is already aright disposed — & it shall be your Kiblah for ever. It shall not fade, but miraculous colour shall come back to it day after day. Close it in locked glass for a proof to the world.

11. This shall be your only proof. I forbid argument. Conquer! That is enough. I will make easy to you the abstruction from the ill-ordered house in the Victorious City. Thou shalt thyself convey it with worship, o prophet, though thou likest it not. Thou shalt have danger & trouble. Ra-Hoor-Khu is with thee. Worship me with fire & blood; worship me with swords & with spears. Let the woman be girt with a sword before me: let blood flow to my name. Trample down the Heathen; be upon them, o warrior, I will give you of their flesh to eat!

12. Sacrifice cattle, little and big: after a child.

13. But not now.

14. Ye shall see that hour, o blessed Beast, and thou the Scarlet Concubine of his desire!

15. Ye shall be sad thereof.

16. Deem not too eagerly to catch the promises; fear not to undergo the curses. Ye, even ye, know not this meaning all.

9. Espreitai! Recuai! Sobre eles! esta é a Lei da Batalha da Conquista: assim será minha adoração em volta de minha casa secreta.

10. Toma a estela de revelação em si; coloca-a no teu templo secreto – e este templo já está corretamente disposto – & ela será sua Kiblah para sempre. Ela não desbotará, mas cor milagrosa voltará a ela dia após dia. Coloca-a fechada em vidro como prova para o mundo.

11. Esta será vossa única prova. Eu proíbo contestação. Conquistai! É o suficiente. Tornarei fácil para vós a abstrução[1] da casa mal-ordenada na Cidade Vitoriosa. Tu mesmo vai transmitir isso com adoração, ó profeta, embora não gostes. Terás perigo & problemas. Ra-Hoor-Khu está contigo. Adora-me com fogo & sangue; adora-me com espadas & lanças. Que a mulher seja equipada com uma espada diante de mim: que o sangue caia em meu nome. Pisoteia os Pagãos; está sobre eles, ó guerreiro, eu te darei da carne deles para comer!

12. 12. Sacrifica gado, pequeno e grande: depois uma criança.

13. Mas não agora.

14. Vereis esta hora, ó Besta abençoada, e tu, a Concubina Escarlate do desejo dele!

15. Ficareis tristes com isso.

16. Não julgueis tão avidamente agarrar as promessas; não temais submeter-vos às maldições. Vós, mesmo vós, não sabeis nada deste significado.

---

1 N.d.T. O termo não foi entendido por Crowley na ocasião em que o livro lhe foi ditado (ver comentário). A nota número 11 do texto "The Temple of Solomon the King" do volume I, número 7, da revista "The Equinox" (publicada em 1912), considerada o órgão de comunicação oficial da A.A., organização ocultista formada por Crowley, traz a seguinte afirmação: "Acreditava-se que isso significava combinar as palavras abstração e construção, ou seja, a preparação de uma réplica, o que foi feito". http://www.the-equinox.org/vol1/no7/index.html (consultado em 31.jul.2017)

17. Fear not at all; fear neither men nor Fates, nor gods, nor anything. Money fear not, nor laughter of the folk folly, nor any other power in heaven or upon the earth or under the earth. Nu is your refuge as Hadit your light; and I am the strength, force, vigour, of your arms.

18. Mercy let be off; damn them who pity! Kill and torture; spare not; be upon them!

19. That stele they shall call the Abomination of Desolation; count well its name, & it shall be to you as 718.

20. Why? Because of the fall of Because, that he is not there again.

21. Set up my image in the East: thou shalt buy thee an image which I will show thee, especial, not unlike the one thou knowest. And it shall be suddenly easy for thee to do this.

22. The other images group around me to support me: let all be worshipped, for they shall cluster to exalt me. I am the visible object of worship; the others are secret; for the Beast & his Bride are they: and for the winners of the Ordeal x. What is this? Thou shalt know.

23. For perfume mix meal & honey & thick leavings of red wine: then oil of Abramelin and olive oil, and afterward soften & smooth down with rich fresh blood.

24. The best blood is of the moon, monthly: then the fresh blood of a child, or dropping from the host of heaven: then of enemies; then of the priest or of the worshippers: last of some beast, no matter what.

25. This burn: of this make cakes & eat unto me. This hath also another use; let it be laid before me, and kept thick with perfumes of your orison: it shall become full of beetles as it were and creeping things sacred unto me.

17. Não temais em absoluto; não temais os homens nem as Moiras, nem deuses, nem nada. Não temais o dinheiro, nem o riso da tolice do povo, nem nenhum outro poder no céu ou sobre a terra ou debaixo dela. Nu é vosso refúgio, como Hadit é vossa luz; e eu sou o poder, a força, o vigor de vossos braços.

18. Que a misericórdia se vá; malditos sejam os que sentem pena! Matai e torturai; não poupeis; estai sobre eles!

19. Aquela estela chamarão de Abominação da Desolação; conte bem seu nome, & para vós será como 718.

20. Por quê? Por causa da queda de Porque, que ele não está lá novamente.

21. Coloca minha imagem no Leste; deverás comprar uma imagem que te mostrarei, especial, não diferente da que tu conheces. E subitamente será fácil para ti fazer isso.

22. As outras imagens agrupa em torno para me apoiar: que todas sejam adoradas, pois irão se aglomerar para me exaltar. Sou o objeto visível de adoração; os outros são secretos; para a Besta & sua Noiva elas são: e para os vencedores da Provação x. O que é isto? Tu saberás.

23. Para perfume, misturai farinha & mel & borra grossa de vinho tinto: então óleo de Abramelin e óleo de oliva, e depois suavizai e modelai com rico sangue fresco.

24. O melhor sangue é o da lua, mensal: então o sangue fresco de uma criança, ou o gotejado dos exércitos do céu: então o dos inimigos; então o do sacerdote ou dos adoradores: por fim, de alguma besta, não importa qual.

25. Isto queimai: disto fazei bolos & comei para mim. Isto tem ainda outro uso: que seja colocado diante de mim, e mantido grosso com perfumes de vossa prece: ficará cheio de besouros,

26. These slay, naming your enemies; & they shall fall before you.

27. Also these shall breed lust & power of lust in you at the eating thereof.

28. Also ye shall be strong in war.

29. Moreover, be they long kept, it is better; for they swell with my force. All before me.

30. My altar is of open brass work: burn thereon in silver or gold!

31. There cometh a rich man from the West who shall pour his gold upon thee.

32. From gold forge steel!

33. Be ready to fly or to smite!

34. But your holy place shall be untouched throughout the centuries: though with fire and sword it be burnt down & shattered, yet an invisible house there standeth, and shall stand until the fall of the Great Equinox; when Hrumachis shall arise and the double-wanded one assume my throne and place. Another prophet shall arise, and bring fresh fever from the skies; another woman shall awakethe lust & worship of the Snake; another soul of God and beast shall mingle in the globed priest; another sacrifice shall stain the tomb; another king shall reign; and blessing no longer be poured To the Hawk4ieaded mystical Lord!

35. The half of the word of Heru-ra4ia, called Hoor-pa-kraat and Ra-Hoor-Khut.

por assim dizer, e coisas rastejantes sagradas para mim.

26. Matai-os, nomeando vossos inimigos, & eles cairão diante de vós.

27. Também estes criarão desejo & poder de desejo em vós ao comerdes deles.

28. Também vós devei ser fortes na guerra.

29. Além disso, que sejam guardados por um longo tempo, é melhor; pois eles incham com minha força. Tudo diante de mim.

30. Meu altar é de latão trabalhado aberto; queimai sobre ele em prata ou ouro!

31. Ali vem um homem rico do Oeste que derramará seu ouro sobre ti.

32. Do ouro forja aço!

33. Está preparado para fugir ou golpear!

34. Mas teu lugar sagrado permanecerá intocado através dos séculos: embora pelo fogo e pela espada seja queimado & despedaçado, ainda assim uma casa invisível ali está, e ficará até a queda do Grande Equinócio; quando Hrumachis se levantar, e aquele do bastão duplo assumir meu trono e lugar. Outro profeta se levantará, e trará febre nova dos céus; outra mulher despertará o desejo & a adoração da Serpente; outra alma de Deus e besta irá se misturar no sacerdote englobado; outro sacrifício manchará a tumba; outro rei reinará; e bênção não será mais derramada ao Senhor místico de Cabeça de Falcão!

35. A metade da palavra de Heru-ra-ha, chamado Hoor-pa-kra-at e Ra-Hoor-Khut.

36. Then said the prophet unto the God:

37. I adore thee in the song —
  I am the Lord of Thebes, and I
  The inspired forth-speaker of Mentu;
  For me unveils the veiled sky,

  The self-slain Ankh-af-na-khonsu
  Whose words are truth. I invoke, I greet
  Thy presence, O Ra-Hoor-Khuit!

  Unity uttermost showed!
  I adore the might of Thy breath,
  Supreme and terrible God,
  Who makest the gods and death
  To tremble before Thee: —
  I, I adore thee!

  Appear on the throne of Ra!
  Open the ways of the Khu!
  lighten the ways of the Ka!
  The ways of the Khabs run through
  To stir me or still me!
  Aum! let it fill me!

38. So that thy light is in me; & its red flame is as a sword in my
hand to push thy order. There is a secret door that I shall make
to establish thy way in all the quarters, (these are the adorations,
as thou hast written), as it is said:

  The light is mine; its rays consume
  Me: I have made a secret door
  Into the House of Ra and Turn,
  Of Khephra and of Ahathoor.
  I am thy Theban, O Mentu,
  The prophet Ankh-af-na-khonsu!

36. Então disse o profeta para Deus:

37. Eu te adoro na canção –
Sou o Senhor de Tebas, e eu
O profeta inspirado de Mentu;
Para mim desveles o velado céu,

O auto-imolado Ankh-af-na-khonsu,
Cujas palavras são verdadeiras. Invoco, saúdo
Tua presença, Ó Ra-Hoor-Khuit!

Demonstração máxima de unidade!
O poder de Teu respirar adoro,
Deus supremo e terrível,
Que faz os deuses e a morte
Tremerem diante de Ti: —
Eu, eu adoro a ti!

Surge no trono de Ra!
Abre os caminhos de Khu!
Ilumina os caminhos de Ka!
Os caminhos de Khabs percorra tu
Para me agitar ou me acalmar!
Aum! que isso venha me repletar!

38. De modo que tua luz esteja em mim; & suas chamas verme-
lhas sejam como uma espada em minha mão para promover
tua ordem. Há uma porta secreta que farei para estabelecer teu
caminho em todas as direções, (essas são as adorações, como
escreveste), como foi dito:

A luz é minha; seus raios consomem
A mim: fiz uma secreta porta
Para a Casa de Ra e Turn,
De Khephra e de Ahathoor.
Sou teu Tebano, Ó Mentu,
O profeta Ankh-af-na-khonsu!

By Bes-na-Maut my breast I beat;
By wise Ta-Nech I weave my spell.
Show thy star-splendour, O Nuit!
Bid me within thine House to dwell,
O winged snake of light, Hadit!
Abide with me, Ra-Hoor-Khuit!

39. All this and a book to say how thou didst come hither and a reproduction of this ink and paper for ever — for in it is the word secret & not only in the English — and thy comment upon this the Book of the Law shall be printed beautifully in red ink and black upon beautiful paper made by hand; and to each man and woman that thou meetest, were it but to dine or to drink at them, it is the Law to give. Then they shall chance to abide in this bliss or no; it is no odds. Do this quickly!

40. But the work of the comment? That is easy; and Hadit burning in thy heart shall make swift and secure thy pen.

41. Establish at thy Kaaba a clerk-house: all must be done well and with business way.

42. The ordeals thou shalt oversee thyself, save only the blind ones. Refuse none, but thou shalt know & destroy the traitors. I am Ra-Hoor-Khuit; and I am powerful to protect my servant. Success is thy proof: argue not; convert not; talk not over much! Them that seek to entrap thee, to overthrow thee, them attack without pity or quarter; & destroy them utterly. Swift as a trodden serpent turn and strike! Be thou yet deadlier than he! Drag down their souls to awful torment: laugh at their fear: spit upon them!

43. Let the Scarlet Woman beware! If pity and compassion and tenderness visit her heart; if she leave my work to toy with old sweetnesses; then shall my vengeance be known. I will slay me her child: I will alienate her heart: I will cast her out from men: as a shrinking and despised harlot shall she crawl through dusk

Bato em meu peito por Bes-na-Maut;
Pela sábia Ta-Nech meu feitiço teço.
Mostra teu esplendor estrelado, Ó Nuit!
Convida-me para em tua Casa viver,
Ó serpente alada de luz, Hadit!
Habita comigo, Ra-Hoor-Khuit!

39. Tudo isto e um livro para dizer como chegaste aqui e uma reprodução desta tinta e papel para sempre – pois nela está a palavra secreta & não apenas em inglês – e teu comento sobre este Livro da Lei será impresso belamente em tinta vermelha e negra sobre um belo papel feito à mão; e para cada homem e mulher que encontrares, seja para jantar ou beber com eles, esta é a Lei a ser dada. Então eles arriscarão viver nesta alegria ou não; não faz diferença. Faze isso rapidamente!

40. Mas o trabalho do comento? Isto é fácil; e Hadit ardendo em teu coração tornará tua caneta rápida e segura.

41. Estabelece em tua Kaaba um escritório: tudo deve ser feito bem e ao modo dos negócios.

42. As provações tu mesmo supervisionarás, salvo apenas os cegos. Não recuses ninguém, mas deve conhecer & destruir os traidores. Sou Ra-Hoor-Khuit; e sou poderoso para proteger meu servo. O sucesso é tua prova; não argumentes; não convertas; não fales muito! Os que buscam te emboscar, te derrubar, ataca-os sem piedade ou mercê; & a eles destrói totalmente. Ligeiro como uma serpente pisada vira-te e ataca! Sê ainda mais mortal que ele! Arrasta abaixo suas almas para o tormento terrível: ri do medo deles: cospe sobre eles!

43. Que a Mulher Escarlate tenha cuidado! Se pena e compaixão e ternura visitarem seu coração; se ela deixar meu trabalho para brincar com antigas doçuras; então minha vingança se fará conhecida. A criança dela irei me assassinar: irei alienar seu coração: bani-la dos homens: como uma meretriz encolhida e

wet streets, and die cold and an-hungered.

44. But let her raise herself in pride! Let her follow me in my way! Let her work the work of wickedness! Let her kill her heart! Let her be loud and adulterous! Let her be covered with jewels, and rich garments, and let her be shameless before all men!

45. Then will I lift her to pinnacles of power: then will I breed from her a child mightier than all the kings of the earth. I will fill her with joy: with my force shall she see & strike at the worship of Nu: she shall achieve Hadit.

46. I am the warrior Lord of the Forties: the Eighties cower before me, & are abased. I will bring you to victory & joy: I will be at your arms in battle & ye shall delight to slay. Success is your proof; courage is your armour; go on, go on, in my strength; & ye shall turn not back for any!

47. This book shall be translated into all tongues: but always with the original in the writing of the Beast; for in the chance shape of the letters and their position to one another: in these are mysteries that no Beast shall divine. Let him not seek to try: but one cometh after him, whence I say not, who shall discover the Key of it all. Then this line drawn is a key: then this circle squared in its failure is a key also. And Abrahadabra. It shall be his child & that strangely. Let him not seek after this; for thereby alone can he fall from it.

48. Now this mystery of the letters is done, and I want to go on to the holier place.

49. I am in a secret fourfold word, the blasphemy against all gods of men.

desprezada ela irá rastejar pelas ruas molhadas do crepúsculo, e morrer gelada e faminta.

44. Mas que ela se levante em orgulho! Que ela me siga em meu caminho! Que seu trabalho seja o trabalho da perversidade! Que ela mate seu coração! Que seja escandalosa e adúltera! Que seja coberta de joias, e ricas vestes, e seja desavergonhada diante de todos os homens!

45. Então a levantarei aos pináculos do poder: então gerarei dela uma criança mais poderosa que todos os reis da terra. Irei enchê-la de júbilo: com minha força ela verá e atingirá a adoração de Nu: ela alcançará Hadit.

46. Sou o guerreiro Senhor dos Quarentas: os Oitentas se encolhem diante de mim, & são degradados. Trarei a vós vitória e júbilo; estarei em vossos exércitos em batalha e vos deliciareis em matar. Sucesso é vossa prova; coragem é vossa armadura; segui, segui, em minha força; & não retrocedereis por nada!

47. Este livro deverá ser traduzido para todas as línguas: mas sempre com o original na escrita da Besta; pois na forma fortuita das letras e em suas posições em relação às outras: nisto estão mistérios que nenhuma Besta adivinhará. Que ele não busque tentar: mas um virá depois ele, de onde não digo, que descobrirá a Chave de tudo isso. Então esta linha traçada é uma chave: então este círculo enquadrado em sua falha é também uma chave. E Abrahadabra. Será sua criança & isso estranhamente. Que ele não vá atrás disso; pois por este meio apenas ele pode cair dali.

48. Agora este mistério das letras está feito, e quero seguir para o lugar mais sagrado.

49. Estou em uma palavra quádrupla secreta, a blasfêmia contra todos os deuses do homem.

50. Curse them! Curse them! Curse them!

51. With my Hawk's head I peck at the eyes of Jesus as he hangs upon the cross.

52. I flap my wings in the face of Mohammed & blind him.

53. With my claws I tear out the flesh of the Indian and the Buddhist, Mongol and Din.

54. Bahlasti! Ompehda! I spit on your crapulous creeds.

55. Let Maty inviolate be torn upon wheels: for her sake let all chaste women be utterly despised among you!

56. Also for beauty's sake and love's!

57. Despise also all cowards; professional soldiers who dare not fight, but play; all fools despise!

58. But the keen and the proud, the royal and the lofty; ye are brothers!

59. As brothers fight ye!

60. There is no law beyond Do what thou wilt.

61. There is an end of the word of the God enthroned in Ra's seat, lightening the girders of the soul.

62. To Me do ye reverence! to me come ye through tribulation of ordeal, which is bliss.

63. The fool readeth this Book of the Law, and its comment; & he understandeth it not.

50. Amaldiçoai-os! Amaldiçoai-os! Amaldiçoai-os!

51. Com minha cabeça de Falcão bico os olhos de Jesus enquanto ele pende na cruz.

52. Bato minhas asas no rosto de Maomé e o cego.

53. Com minhas garras rasgo a carne do Indiano e do Budista, Mongol e Din.

54. Bahlasti! Ompehda! Cuspo em seus credos crapulosos.

55. Que Maria inviolada seja despedaçada sobre rodas: por causa dela, que todas as mulheres castas sejam profundamente desprezadas entre vós!

56. Também por causa da beleza e do amor!

57. Desprezai também todos os covardes; soldados profissionais que não ousam lutar, mas brincam; desprezai todos os tolos!

58. Mas os argutos e os orgulhosos, os reais e os altivos: vós sois irmãos!

59. Como irmãos lutai!

60. Não há lei além de Faze o que tu queres.

61. Há um fim da palavra do Deus entronado no assento de Ra, tornando leves as vigas da alma.

62. Reverenciai a Mim! a mim vinde através da tribulação da provação, que é alegria.

63. O tolo lê este Livro da Lei, e seu comento; & ele não os entende.

64. Let him come through the first ordeal, & it will be to him as silver.

65. Through the second, gold.

66. Through the third, stones of precious water.

67. Through the fourth, ultimate sparks of the intimate fire.

68. Yet to all it shall seem beautiful. Its enemies who say not so, are mere liars.

69. There is success.

70. I am the Hawk-Headed Lord of Silence & of Strength; my nemyss shrouds the night-blue sky.

71. Hail! ye twin warriors about the pillars of the world! for your time is nigh at hand.

72. I am the Lord of the Double Wand of Power; the wand of the Force of Coph Nia— but my left hand is empty, for I have crushed an Universe; & nought remains.

73. Paste the sheets from right to left and from top to bottom: then behold!

74. There is a splendour in my name hidden and glorious, as the sun of midnight is ever the son.

75. The ending of the words is the Word Abrahadabra.

76. The Book of the Law is Written and Concealed.

77. Aum. Ha.

64. Que ele venha pela primeira provação, & isso será como prata para ele.

65. Pela segunda, ouro.

66. Pela terceira, pedras de água preciosa.

67. Pela quarta, centelhas supremas do fogo íntimo.

68. Porém para todos parecerá belo. Inimigos que dizem o contrário são meros mentirosos.

69. Há sucesso.

70. Sou o Senhor com Cabeça de Falcão do Silêncio & da Força; meu nemes envolve o céu azul da noite.

71. Salve! vós guerreiros gêmeos em torno dos pilares do mundo! para vós o tempo está próximo.

72. Sou o Senhor do Bastão Duplo de Poder; o bastão da Força de Coph Nia – mas minha mão esquerda está vazia, pois esmaguei um Universo; & nada resta.

73. Empastai as folhas da direita para a esquerda e de cima para baixo: então contemplai!

74. Há um esplendor em meu nome oculto e glorioso, como o sol da meia-noite é sempre o filho.

75. O fim das palavras é a Palavra Abrahadabra.

76. O Livro da Lei está Escrito e Oculto.

77. Aum. Ha.

———THE COMMENT———

Do what thou wilt shall be the whole of the Law.

The study of this Book is forbidden. It is wise to destroy this copy after the first reading.

Whosoever disregards this does so at his own risk and peril. These are most dire.

Those who discuss the contents of this Book are to be shunned by all, as centres of pestilence.

All questions of the Law are to be decided only by appeal to my writings, each for himself.

There is no law beyond Do what thou wilt.

Love is the law, love under will.

The priest of the princes,
Ankh-f-n-khonsu

—— O COMENTO ——

Faze o que tu queres, há de ser o todo da Lei.

O estudo deste Livro é proibido. É prudente destruir esta cópia depois da primeira leitura.

Quem quer que seja que despreze isso o faz por sua própria conta e risco. Estes são os mais medonhos.

Aqueles que discutem o conteúdo deste Livro devem ser evitados por todos, como centros de pestilência.

Todas as questões da Lei deverão ser decididas apenas recorrendo aos meus escritos, cada um por si mesmo.

Não há lei além de Faze o que tu queres.

Amor é a lei, amor sob a vontade.

O sacerdote dos príncipes,
Ankh-f-n-khonsu

O MANUSCRITO

Had! The manifestation of Nuit

The unveiling of the company of heaven

Every man and every woman is a star

Every number is infinite; there is no difference

Help me, o warrior lord of Thebes, in my

unveiling before the Children of men

Be thou Hadit, my secret centre, my

heart & my tongue.

Behold! it is revealed by Aiwass the

minister of Hoor-paar-kraat

The Khabs is in the Khu, not the Khu in

the Khabs

Worship then the Khabs, and behold my

light shed over you.

Let my servants be few & secret : they shall
rule the many & the known.

There are fools that men adore; both their
Gods & their men are fools.

Come forth, o children, under the stars
& take your fill of love. . I am above you
and in you. My ecstasy is in yours. My
joy is to see your joy

V.1. of I fell called the Sun.
Now ye shall know that the chosen
priest & apostle of infinite space is
the prince-priest the Beast and in

3

his woman called the Scarlet Woman, is
all power given. They shall gather my
children into their fold: they shall bring the
glory of the stars into the hearts of men.
For he is ever a sun, and she a moon. But
to him is the winged secret flame, and
to her the stooping starlight.
But ye are not so chosen.
Burn upon their brows, o splendrous serpent,
O azure-lidded woman, bend upon them!
The key of the rituals is in the secret word
which I have given unto him

4

With the God & the Adorer I am nothing: they do not see me. They are as upon the earth; I am Heaven, and there is no other God than me, and my lord Hadit.

Now therefore I am known to ye by my name Nuit, and to him by a secret name which I will give him when at last he knoweth me

Since I am Infinite Space and the Infinite Stars thereof, do ye also thus. Bind nothing! Let there be no difference made among you between any one thing & any

5

other thing; for therein there worketh hurt.

But whoso availeth in this let him be the chief of all!

I am Nuit and my word is six and fifty.

Divide, add, multiply and understand. Then saith the prophet and slave of the beauteous one, Who am I, and what shall be the sign. So she answered him, bending down, a lambent flame of blue, all-touching all penetrant, her lovely hands upon the black earth & her lithe body arched for love and her soft feet not hurting the

6

"ttle flowers Thou knowest! And the style

shall be my ecstasy, the consciousness of

the continuity of existence, ~~the non~~

~~the in my~~ the non

omnipresence of my body~~,~~

~~has again. fact of being undividebility~~

~~(finite this in other words)~~ | One letter as
above.

~~But go feeble a~~

Then he first murmured & said unto

the Queen of Space, kissing her lovely brows

and the dew of the light bathing his whole

body in a sweet-smelling perfume of sweat

O Nuit, continuous one of Heaven, let it

7

be ever thus that men speak not of
thee as One but as None and let
them speak not of thee at all since
thou art continuous.

None, sheathed the light, faint & faery, of
the stars and two. For I am divided
for love's sake, for the chance of union.

This is the creation of the world that
the pain of ~~division~~ division is as nothing and
the joy of dissolution all.
For these fools of men and their

...ves are not known at all! They feel little; what is is balanced by weak joys: but ye are my chosen ones.

Obey my prophet! follow out the ordeals of my knowledge! seek me only! Then the joys of my love will redeem ye from all pain. This is so: I swear it by the vault of my body; by my sacred heart and tongue; by all I can give, by all I desire of ye all.
Then the priest fell into a deep trance or

9

Swoon is said unto the Queen of Heaven

Write unto us the ordeals write unto
us the rituals write unto us the law.

But she said the ordeals I write not
the rituals shall be half known and
half concealed: the law is for all

This that thou writest is the threefold
book of law

My scribe Ankh-af-na-khonsu the
priest of the princes shall not in one
letter change this book; but lest there
be folly, he shall comment thereupon
by the wisdom of Ra-Hoor-Khu-it.

103

10

Also the mantras and spells; the obeah and the wanga; the work of the wand and the work of the sword: these he shall learn and teach.

He must teach; but he may make severe the ordeals.

The word of the Law is Θελημα.

Who calls us Thelemites will do no wrong, if he look but closely into the word. For there are Therein Three Grades, the Hermit and the Lover and the man of Earth. Do what thou wilt shall be the whole of the Law.

The word of Sin is Restriction. O man! refuse not thy wife if she will. O lover, if thou wilt depart. There is no bond that can unite the divided but love: all else is a curse. Accursèd! Accursèd! be it to the aeons. Hell.

Let it be that state of manyhood bound and loathing. So with thy all thou hast no right but to do thy will. Do that, and no other shall say nay. For pure will, unassuaged of purpose,

12

delivered from the lust of result, is
every way perfect —
The Perfect and the Perfect are one
Perfect and not two; nay, are none!
Nothing is a secret key of this law
Sixty-one the Jews call it; I call it
Eight, eighty, four hundred & eighteen.
But they have the half: unite by thine
art so that all disappear.
My prophet is a fool with his one one
one; are not they the Ox and none
by the Book.

13

abrogate and all rituals, all ordeals all
words and signs. Ra-Hoor-Khuit hath
taken his seat in the East at the Equinox
of the Gods and let Hoor be with Isa
who also are one. But they are not of
me. Let Hoor be the adorant, Isa the
sufferer; Hoor in his secret name and
splendour is the Lord initiating.
There is a word to say about the Hierophantic
task. Behold! there are three ordeals in
one, and it may be given in three ways.
The gross must pass through fire; let the

14

fine be tried in intellect, and the
lofty those & ones in the highest. Thus
ye have star system system sixsystem
let not one know well the other.

There are four gates to one palace;
the floor of that palace is of silver and
gold, lapis lazuli & jasper are there, and
all rare scents jasmine & rose, and the
emblems of death. Let him enter in from
or at once the four gates; let him stand
on the floor of the palace. Will he
not smile? Amen. Ho! warrior, if thy
servant smile? But there are means

15

and means. Be goodly therefore: dress ye
all in fine apparel eat rich foods and
drink sweet wines and wines that foam.
~~but~~ Also, take your fill and will of-
love as ye will, when, where and with
whom ye will. But always unto me.
If this be not aright; if ye confound
the space-marks, saying: They are one
or saying They are many; if the ritual
be not ever unto me: then expect
the dreadful judgments of Ra Hoor Khuit
This shall regenerate the world, the little

16

world my sister, my heart & my tongue, unto whom I send this kiss. Also, o scribe and prophet — though thou be of the princes it shall not assuage thee nor absolve thee. But ecstasy be thine and joy of earth: even To me To me

Change not as much as the style of a letter; for behold thou o prophet shalt not behold all these mysteries hidden therein.

The child of thy bowels, he shall behold them.

Expect him not from the East nor from

the West; for from no expected house cometh that child. Aum! All words are sacred and all prophets true; save only that they understand a little; solve the first half of the equation, leave the second unattacked. But thou hast all in the clear light, and some, though not all, in the dark.

Invoke me under my stars. Love is the law, love under will. Nor let the fools mistake love; for there are love and love. There is the dove and there is the serpent. Choose ye well! He, my prophet, hath

18

chosen, knowing the law of the fortress
and the great mystery of the House of God

All these old letters of my Book are
aright; but ☉ is not the Star. This
also is secret: my prophet shall reveal
it to the wise.

I give unimaginable joys on earth: certainty,
not faith, while in life, upon death; peace
unutterable, rest, ecstasy: nor do I demand
aught in sacrifice.

My incense is of resinous woods & gums
and there is no blood therein: because of
my hair the trees of Eternity.

19

My number is 11, as all their numbers
who are of us. (hast their) My color is black to the
blind, The shape of my star is The five-pointed Star, with a
Circle in the Middle, & the circle is Red
but the blue & gold are seen of the
seeing. Also I have a secret glory for
them that love me.

But to love me is better than all things: if
under the night-stars in the desert thou
presently burnest mine incense before me
invoking me with a pure heart, and the
Serpent flame therein, then shalt come
a little to lie in my bosom. For one kiss
wilt thou then be willing to give all:

20

but whoso gives me particle of dust
shall lose all in that hour. Ye shall
gather goods and store of women and
spices; ye shall wear rich jewels; ye
shall exceed the nations of the earth
in splendour & pride; but always in the
love of me, and so shall ye come to
my joy. I charge you earnestly to come
before me in a single robe and crowned
with a rich headdress. I love you I gave to
you. Pale or purple, veiled or wanton, those
who are old, pleasure and purple

21

and drunkenness. . . . .
desire you . . . . . . Put on the wings and arouse
the coiled splendour within you: come unto me

At all my meetings with you shall the
priestess say — and her eyes shall burn
with desire as she stands bare and rejoicing
in my secret temple — To me! To me!
calling forth the flame of the hearts of all in her
love — chant.

Sing the rapturous love-song unto me!
Burn to me perfumes! Wear to me jewels!
Drink to me, for I love you! I love you!

22.

I am the blue-lidded daughter of sunset; I am the naked brilliance of the voluptuous night sky

To me! To me!

The Manifestation of Nuit is at an End.

1. Nu! the hiding of Hadit.

2. Come! all ye, and learn the secret that hath not yet been revealed. I, Hadit, am the complement of Nu my bride. I am not extended, and Khabs is the name of my House.

3. In the sphere I am everywhere the centre, as she, the circumference, is nowhere found.

4. Yet she shall be known & I never.

5. Behold! the rituals of the old time are black. Let the evil ones be cast away; let the good ones be purged by the prophet! Then shall this Knowledge go aright.

6. I am the flame that burns in every heart of man, and in the core of every star. I am

2

Life, and the giver of Life; yet therefore is the knowledge of me the knowledge of death.

7. I am the Magician and the Exorcist. I am the axle of the wheel, and the cube in the circle. "Come unto me" is a foolish word: for it is I that go.

8 Who worshipped Heru-pa-kraath have worshipped me; ill, for I am the worshipper.

9 Remember all ye that existence is pure joy; that all the sorrows are but as shadows; they pass & are done; but there is that which remains.

10. O prophet! thou hast ill will to learn this writing.

11. I see thee hate the hand & the pen; but I am

3

Stronger.

12 Because of me in Thee which thou knewest not.

13. For why? Because thou wast the knower, and me.

14. Now let there be a veiling of this shrine: now let the light devour men and eat them up with blindness.

15. For I am perfect, being Not; and my number is nine by the fools; but with the just I am eight, and one in eight: Which is vital, for I am none indeed. The Empress and the King are not of me; for there is a further secret.

16 I am the Empress & the King. Thus eleven as my bride is eleven.

4

17 Hear me, ye people of sighing!
   The sorrows of pain and regret
Are left to the dead and the dying,
   The folk that not know me as yet.

18 These are dead, these fellows; they feel not. We
are not for the poor and sad: the lords of the
earth are our kinsfolk.

19 Is a God to live in a dog? Not thus! the
highest are of us. They shall rejoice, our chosen
who sorroweth is not of us.

20 Beauty and strength, leaping laughter and
delicious languor, force and fire, are of us.

5

We have nothing with the outcast and the unfit:
Let them die in their misery. For they feel
not. Compassion is the vice of kings: stamp
down the wretched & the weak: this is the
law of the strong: this is our law and the
joy of the world. Think not, o king, upon that
lie: That Thou Must Die: verily thou shalt
not die, but live! Now let it be understood
If the body of the King dissolve, he shall remain
in pure ecstasy for ever. Nuit! Hadit! Ra-Hoor-
Khuit. The Sun, Strength & Sight, Light; these
are for the servants of the Star & the Snake

22 I am the Snake that giveth Knowledge & Delight and bright glory, and stir the hearts of men with drunkenness. To worship me take wine and strange drugs whereof I will tell my prophet, & be drunk thereof! They shall not harm ye at all. It is a lie, this folly against self. The exposure of innocence is a lie. Be strong, o man, lust, enjoy all things of sense and rapture: fear not that any God shall deny thee for this.

23 I am alone: there is no God where I am.

24 Behold! these be grave mysteries; for there are also of my friends who be hermits. Now

7.

think not to find them in the forest or on the mountain; but in beds of purple, caressed by magnificent beasts of women with large limbs and fire and light in their eye, and masses of flaming hair about them; there shall ye find them. Ye shall see them at rule, at victorious armies, at all the joy; and there shall be in them a joy a million times greater than this. Beware lest any force another, king against king! Love one another with burning hearts; on the low men trample in the fierce lust of your pride in the day of your wrath.

25. Ye are against the people, O my chosen!

26. I am the secret Serpent coiled about to spring: in my coiling there is joy. If I lift up my head, I and my Nuit are one. If I droop down mine head, and shoot forth venom, then is rapture of the earth, and I and the earth are one.

27. There is great danger in me; for who doth not understand these runes shall make a great miss. He shall fall down into the pit called Because, and there he shall

9

perish with the dogs of Reason.

28 Now a curse upon Because and his kin!

29 May Because be accursèd for ever!

30 If Will stops and cries Why, invoking
Because, then Will stops & does nought.

31 If Power asks why, then is Power weakness.

32 Also reason is a lie; for there is a
factor infinite & unknown; & all their
words are skew-wise.

33 Enough of Because! Be he damned for a dog!

34. But ye, o my people, rise up & awake!

35. Let the rituals be rightly performed with
joy & beauty!

10

36 There are rituals of the elements and feasts of the times.

37 A feast for the first night of the Prophet and his Bride!

38 A feast for the three days of the writing of the Book of the Law.

39 A feast for Tahuti and the child of the Prophet — secret, O Prophet!

40 A feast for the Supreme Ritual, and a feast for the Equinox of the Gods.

41 A feast for fire and a feast for water; a feast for life and a greater feast for death!

11

2 A feast every day in your hearts in the joy of my rapture.

3 A feast every night unto Nuit, and the pleasure of uttermost delight.

4 Aye! feast! rejoice! there is no dread hereafter. There is the dissolution, and eternal ecstasy in the kisses of Nu

45 There is death for the dogs.

46 Dost thou fail? Art thou sorry? Is fear in thine heart?

47 Where I am these are not.

12

48 Pity not the fallen! I never knew them.
I am not for them. I console not: I hate
the consoled & the consoler.

49 I am unique & conqueror. I am not of the
slaves that perish. Be they damned &
dead! Amen. [This is of the 4: there is
a fifth who is invisible & therein am
I as a babe in an egg.]

50 Blue am I and gold in the light of my
bride: but the red gleam is in my eyes
& my spangles are purple & green.

51. Purple beyond purple: it is the light higher

13

than eyesight.

2 There is a veil: that veil is black. It is the veil of the modest woman; it is the veil of snow, & the pall of death. This is none of me. Tear down that lying spectre of the centuries: veil not your vices in virtuous words: these vices are my service, ye doe well, & I will reward you here and hereafter.

3 Fear not, o prophet, when these words are said, thou shalt not be sorry. Thou art emphatically my chosen; and blessed art

the eyes that thou shalt look upon with
gladness. But I will hide thee in a
mask of sorrow: they that see thee shall
fear thou art fallen: but I lift thee up

54 Nor shall they who cry aloud their folly
that thou meanest nought avail; thou
shall reveal it: thou availest: they are
the slaves of because: They are not of
me. The stops as thou wilt; the letters
change them not in style or value!

55 Thou shalt obtain the order & value of
the English Alphabet; thou shalt find

new symbols to attribute them unto.

56 Begone! ye mockers; even though ye laugh in my honour ye shall laugh not long: then when ye are sad know that I have forsaken you.

7. He that is righteous shall be righteous still; he that is filthy shall be filthy still.

Yea! deem not of change: ye shall be as ye are, & not other. Therefore the kings of the earth shall be Kings for ever: the slave shall serve. There is none that shall be cast down or lifted up: all is ever

as it was. Yet there are masked men my
servants: it may be that yonder beggar is
a King. A King may choose his garment as
he will: there is no certain test: but a
beggar cannot hide his poverty.

59 Beware therefore! Love all, lest perchance is a
King concealed! Say you so? Fool! If he
be a King, thou canst not hurt him.

60 Therefore strike hard & low, and to hell
with them, master!

61 There is a light before thine eyes o prophet,
a light undesired, most desirable.

132

17

62 I am uplifted in thine heart and the kisses
of the stars rain hard upon thy body.

63 Thou art exhaust in the voluptuous fullness
of the aspiration: the aspiration is sweeter
than death, more rapid and laughterful than
a caress of Hell's own worm.

64 Oh! thou art overcome: we are upon thee;
our delight is all over thee: hail! hail!
prophet of Nu! prophet of Had! prophet of
Ra-Hoor-Khu! Now rejoice! now come in
our splendour & rapture! Come in our passionate
peace, & write sweet words for the Kings!

18

65 I am the Master: thou art the Holy Chosen One.

66 Write, & find ecstasy in writing! Work, & be our bed in working! Thrill with the joy of life & death! Ah! thy death shall be lovely: whoso seeth it shall be glad. Thy death shall be the seal of the promise of our agelong love. Come! lift up thine heart & rejoice! We are one; we are none.

67 Hold! Hold! Bear up in thy rapture; fall not in swoon of the excellent kisses!

68 Harder! Hold up thyself! Lift thine head!

19

breathe not so deep — die!

69 Aha! Aha! What dost thou feel? / the word
Exhausted?

70 There is help & hope in other spells. Wisdom
says: be strong! Then canst thou bear more
joy. Be not animal; refine thy rapture!
If thou drink, drink by the eight and ninety
rules of art: if thou love, exceed by
delicacy; and if thou do aught joyous, let
there be subtlety therein!

71 But exceed! exceed!

72 Strive ever to more! and if thou art truly

20

mine — and doubt it not, an if thou art ever joyous! — death is the crown of all

33 Ah like! Death! Death! thou shalt long for death. Death is forbidden, o man, unto thee

74 The length of thy longing shall be the strength of its glory. He that lives long & desires death much is ever the King among the Kings.

75 Aye! listen to the numbers & the words:

76 4638 ABK 2 4 ALGMOR 3 Y X 24 89 R P S T O V A L. What meaneth this, o prophet? Thou knowest not; nor shalt thou know ever. There cometh one to follow thee: he shall

21

expound it. But remember, O Chosen one, to be me; to follow the love of Nu in the star-lit heaven; to look forth upon men, to tell them this glad word.

77 O be thou proud and mighty among men!

78 Lift up thyself! for there is none like unto thee among men or among Gods! Lift up thyself, O my prophet, thy stature shall surpass the stars. They shall worship thy name, foursquare, mystic, wonderful, the number of the man: and the name of

22

My house 418.

79 The end of the: binding of / Hadlit; and
blessing a worships to the Prophet of
the lovely Star.

1

Ahaahaha! The reward of Ra Hoor Khut.

There is division hither homeward; there is a
word not known. Spelling is defunct; all is not
aught. Beware! Hold! Raise the spell of
Ra-Hoor-Khuit.

3 Now let it be first understood that I am
a god of War and of Vengeance. I shall
deal hardly with them.

4 Choose ye an island!

5 Fortify it!

6 Dung it about with enginery of war!

7 I will give you a war-engine.

8 With it ye shall smite the people and

none shall stand before you.

9 Lurk! Withdraw! Upon them! this is The Law of the Battle of Conquest:- thus shall my worship be about my secret house

10 Get the stélé of revealing itself; set it in thy secret temple - and that temple is already aright disposed - & it shall be your Kiblah for ever. It shall not fade, but miraculous colour shall come back to it day after day. Close it in locked glass for a proof to the world.

11 This shall be your only proof. I forbid argument. Conquer! That is enough. I will make easi

3

to you the abstraction from the ill-ordered
house in the Victorious City. Thou shalt
thyself convey it with worship, o prophet;
though thou likest it not. Thou shalt have
danger & trouble. Ra-Hoor-Khu is with
thee. Worship me with fire & blood; worship
me with swords & with spears. Let the woman
be girt with a sword before me: let blood
flow to my name. Trample down the Heathen; be
upon them, o warrior, I will give you of their
flesh to eat!

12 Sacrifice cattle little and big: after a child.

4

13 But not now.

14 Ye shall see that hour, o blessèd Beast, and know the Scarlet Concubine of his desire!

15 Ye shall be sad thereof.

16 Seem not too eagerly to catch the promises; fear not to undergo the curses. Ye, even ye, know not this meaning ill.

17 Fear not at all; fear neither men, nor Fates, nor gods, nor anything. Money fear not, nor laughter of the folk folly, nor any other power in heaven or upon the earth or under the earth. Nu is your refuge as Hadit your

5

light; and I am the strength, force, vigour of your arms.

18 Mercy let be off: damn them who pity. Kill and torture; spare not; be upon them.

19 That stélé they shall call the Abomination of Desolation; count well its name, & it shall be to you as 718.

20 Why? Because of the fall of Because, that he is not there again.

21 Set up my image in the East: for thou shalt buy thee an image which I will show thee, especially not unlike the one thou knowest. And it shall be suddenly easy for thee to do this.

6

22. The other images group around me to support me: let all be worshipped, for they shall cluster to exalt me. I am the visible object of worship; the others are secret; for the Beast & his Bride are they: and for the winners of the Ordeal x. What is this? Thou shalt know.

23 For perfume mix meal & honey & thick leavings of red wine: then oil of Abramelin and olive oil, and afterward soften & smooth down with rich fresh blood!

24 The best blood is of the moon, monthly: then the fresh blood of a child, or dropping from the

host of heaven: then of enemies; then
of the priest of, the worshippers: last of
some beast, no matter what.

25 This burn: of this make cakes & eat with
me. This hath also another use; let it be
laid before me, and kept thick with perfumes
of your orison: it shall become full of beetles
as it were and creeping things sacred unto me.

26 These slay, naming your enemies & they shall
fall before you.

27 Also these shall breed lust & power of lust in
you at the eating thereof.

28 Also ye shall be strong in war.

29 Moreover, be they long kept, it is better; for they swell with my force. All before me.

30 My altar is of open brass work: burn thereon in silver or gold.

31 There cometh a rich man from the West who shall pour his gold upon thee.

32 From gold forge steel:

33 Be ready to fly or to smite.

34 But your holy place shall be untouched throughout the centuries: though with fire and sword it be burnt down & shattered, yet an invisible house there standeth and shall stand until the fall of the Great

Equinox, when Hrumachis shall arise and the double-wanded one assume my Throne and place. Another prophet shall arise, and bring fresh fever from the skies; another woman shall wake the lust & worship of the Snake; another soul of God and beast shall mingle in the globèd priest; another sacrifice shall stain the tomb; another king shall reign; and blessing no longer be poured To the Hawk-headed mystical Lord!

35 The half of the word of Heru-ra-ha, called Hoor-pa-kraat and Ra-Hoor-Khut.

36 Then said the prophet unto the God.

37 I adore thee in the song
"I am the Lord of Thebes" &c from Vellum book
_____ "fill me

38 So that Thy light is in me & its red flame
is as a sword in my hand to push Thy
order. There is a secret door that I shall
make to establish Thy way in all the quarts
(these are the adorations, as thou hast written)
as it is said.

"The light is mine" &c
from vellum book to " Ra - Hoor - Khuit "

148

11

39 All this and a book to say how thou didst come hither and a reproduction of this ink and paper for ever — for in it is the word secret & not only in the English. and they comment upon this the Book of the Law shall be printed beautifully in red ink and black upon beautiful paper made by hand; and to each man and woman that thou meetest, were it but to dine or to drink at them, it is the Law to give. Then they shall chance to abide in this bliss or no; it is no odds. Do this quickly!

40 But the work of the comment? That is easy; and

Hadit burning in thy heart shall make swift and secure thy pen.

41. Establish at thy Kaaba a clerk-house: all must be done well and with business way.

42. The ordeals thou shalt oversee thyself, save only the blind ones. Refuse none, but thou shalt know & destroy the traitors. I am Ra-Hoor-Khuit; and I am powerful to protect my servant. Success is thy proof: argue not; convert not; talk not overmuch! Them that seek to entrap thee, to overthrow thee, them attack without pity or quarter; & destroy them utterly. Swift as a trodden serpent turn.

13

and strike! Be they yet deadlier than he!

Bray down their souls to awful torment: laugh
at their fear: spit upon them!

43 Let the Scarlet Woman beware! If pity and
compassion and tenderness visit her heart
if she leave my work to toy with old
sweetnesses then shall my vengeance be
known. I will slay me her child: I will
alienate her heart: I will cast her out
from men: as a shrinking and despised harlot
shall she crawl through dusk wet streets, and
die cold and an-hungered.

44. But let her raise herself in pride. Let her follow me in my way. Let her work the work of wickedness! Let her kill her heart! Let her be loud and adulterous; let her be covered with jewels and rich garments, and let her be shameless before all men!

45 Then will I lift her to pinnacles of power: then will I breed from her a child mightier than all the kings of the earth. I will fill her with joy: with my force shall she see & strike at the worship of Nu. she shall achieve Hadit.

46. I am the warrior Lord of the Forties: the Eighties cower before me, & are abased. I will bring you to victory & joy: I will be at your arms in battle & ye shall delight to slay. Success is your proof; courage is your armour; go on, go on, in my strength & ye shall turn not back for any.

This book shall be translated into all tongues: but always with the original in the writing of the Beast; for in the

channel shape of the letters and their
position to one another: on these are myst...
That no Beast shall divine. Let them
not seek to try but one cometh after
him, whence I say not, who shall
discover the key of it all. Then
this line drawn is a key: then this
circle squared ⊕ in its failure is a
key also. And Abrahadabra. It sh...
be his child & that strangely. Let him...
seek after this; for thereby alone can he
fall from it.

17

48 Now this mystery of the letters is done, and
I want to go on to the holier place.

49 I am in a secret fourfold word, the blasphemy against
all gods of men.

50 Curse them! Curse them! Curse them!

51 With my Hawk's head I peck at the eyes of
Jesus as he hangs upon the cross.

52 I flap my wings in the face of Mohammed &
blind him.

53 With my claws I tear out the flesh of the
Indian and the Buddhist, Mongol and
Din.

54 Bahlasti! Ompehda! I spit on your

crapulous creeds.

55 Let Mary inviolate be torn upon wheels: for her sake let all chaste women be utterly despised among you.

56 Also for beauty's sake and love!

57 Despise also all cowards. professional soldiers who dare not fight, but play; all fools despise!

58 But the keen and the proud, the royal and the lofty; ye are brothers.

59 As brothers fight ye.

60 There is no law beyond Do as what thou wilt.

61 There is an end of the word of the God

19

enthroned in Ra's seat, lightening the girders
of the soul.

2 To Me do ye reverence; to me come ye
through tribulation of ordeal, which is
bliss.

63 The fool readeth this Book of the Law, and
its comment & he understandeth it not.

64 Let him come through the first ordeal &
it will be to him as silver

65 Through the second gold

66 Through the third, stones of precious water.

67 Through the fourth, ultimate sparks of the
intimate fire.

68 Yet to all it shall seem beautiful. Its
enemies who say not so, are mere liars.

69 There is success

70 I am the Hawk-Headed Lord of Silence
& of Strength; my nemyss shrouds the
night-blue sky.

71 Hail! ye twin warriors about the pillars of
the world! for your time is nigh at hand

72 I am the Lord of the Double Wand of Power
the wand of the Force of Coph Nia—
but my
left hand is empty, for I have crushed

21

an Universe & nought remains.

73 Paste the sheets from right to left and
from top to bottom: then behold!

74 There is a splendour in my name hidden
and glorious, as the sun of midnight is
ever the son

75 The ending of the words is the Word
Abrahadabra.

The Book of the Law is Written
and Concealed
Aum. Ha.

COMENTÁRIOS

por **ALEISTER CROWLEY**

*Observações sobre o método de recebimento do Liber
Legis, nas Condições predominantes na hora da escrita,
e sobre certas dificuldades técnicas relacionadas à
forma Literária do Livro.*

Certamente questões muito sérias foram levantadas a respeito do método pelo qual este Livro foi obtido. Não me refiro àquelas dúvidas – reais ou fingidas – que a hostilidade engendra, pois todas são dissipadas pelo estudo do texto; nenhum falsificador poderia ter preparado um conjunto tão complexo de enigmas numéricos e literais para deixá-lo (a) devotado à solução por anos depois, (b) perplexo pela simplicidade que, quando desveladas, deixa alguém boquiaberto com sua profundidade, (c) iluminado apenas pela iniciação progressiva, ou por acontecimentos "acidentais" aparentemente desconectados com o Livro que ocorreram muito tempo depois de sua publicação, (d) e pelo fato de que à Sua luz outros homens alcançaram os mais altos picos de iniciação em um décimo do tempo em que história e experiência levariam alguém a esperar, e (e) raivosamente sem desejar proceder com a parte do Trabalho assinalada para ele, que é detalhada no Capítulo III, mesmo quando o curso dos eventos no planeta, guerra, revolução e o colapso dos sistemas sociais e religiosos do mundo provaram a ele que, gostasse ou não, Ra Hoor Khuit é de fato Senhor do Éon, a Criança Coroada e Conquistadora cuja inocência não significa mais que crueldade desumana e destruição desumana e deliberada enquanto ele vingava Isis nossa mãe, a Terra e o Céu pelo assassinato e mutilação de Osíris, Homem, filho dela. A Guerra de 1914-18 e suas sequelas provaram mesmo para o estadista mais obtuso, além da sagacidade até dos teólogos mais sofisticados para atenuação, que a morte não é um benefício puro para o indivíduo nem para a comunidade: que a força e o fogo da masculinidade arrojada são mais úteis para uma nação do que a respeitabilidade subserviente e servilismo emasculado; que o gênio segue com a coragem, e a sensação de vergonha e culpa com o "Derrotismo".

Por estas razões e muitas outras estou certo, eu, a Besta, cujo número é Seiscentos e Sessenta e Seis, que este Terceiro Capítulo do Livro da Lei não é nada menos que a Palavra autêntica, a Palavra do Éon, a Verdade sobre a Natureza neste momento e neste planeta. Eu o escrevi, odiando-o e desdenhando dele, secretamente feliz por poder usá-lo contra a Tarefa mais terrível que os Deuses colocaram sem remorsos sobre meus ombros, sua Cruz de aço ardente que devo carregar até mesmo ao meu Calvário, o lugar da caveira ali para ser aliviado de seu peso apenas para que eu seja crucificado ali. Mas, sendo elevado, irei atrair o mundo inteiro até mim; e os homens irão me adorar, a Besta, Seiscentos e Três-Vinte e Seis, celebrando para Mim sua Missa da Meia-Noite a cada vez que fizerem o que querem, e em Meu altar, sacrificando a Mim a vítima que mais me dá prazer, Eles mesmos; quando o Amor projeta e a Vontade executa o Rito pelo qual (e eles sabem disso ou não) o Deus deles no homem é oferecido a mim, A Besta, o Deus deles, o Rito cuja virtude, tornar seu Deus de sua Besta entronada, não deixa nada, por Bestial que seja, não divino.

Em tais linhas minha própria "conversão" à minha própria "religião" pode se dar, embora enquanto eu escrevo tais palavras faltem apenas doze semanas para dezesseis anos[1].

---

1   Escrito em 1920, e.v.

II

Esta longa digressão é apenas para explicar que eu mesmo, que publico o Liber Legis, não sou nenhum partidário fanático. Irei obedecer minhas ordens (III, 42), "Não argumentes; não convertas"; embora eu me esquive de outras. Não vou me dignar a responder questões céticas sobre a origem do Livro. "Sucesso é vossa prova", Eu, de todos os homens desta Terra considerado o mais poderoso em Mágicka, mais por meus inimigos que por meus amigos, esforcei-me para perder este Livro, esquecê-lo, desafiá-lo, criticá-lo, escapar dele, nesses quase dezesseis anos; e Ele me segura no curso que estabelece, como a Montanha de Magnetita segura o navio, ou Helios controla seus planetas por laços invisíveis; sim, ou como BABALON aperta entre suas coxas a Grande Besta Selvagem que monta!

Basta para os céticos; coloquem suas cabeças na boca do Leão; assim poderão certificar-se se sou estofado de palha!

Mas, no texto do Livro em si, há espinho para a carne do mais ardente admirador enquanto ele enterra o rosto nas rosas; parte da hera que se prende ao Tirso deste Dionísio é Hera Venenosa. A pergunta surge, especialmente ao examinar o manuscrito original na Minha escrita: "Quem escreveu estas palavras?"

É claro que eu as escrevi, tinta sobre papel, no sentido material; mas elas não são Minhas palavras, a não ser que Aiwaz seja considerado não mais que meu subconsciente, ou parte dele: neste caso, meu ser consciente, sendo ignorante da Verdade no Livro e hostil à maior parte da ética e da filosofia do Livro, Aiwaz é uma parte de mim severamente reprimida[2]. Sendo assim, o teórico deve sugerir uma razão para esta manifestação explosiva, porém controlada, e providenciar explicação para o ensamblar de Acontecimentos nos anos subsequentes com Sua palavra escrita e publicada. De qualquer modo, seja o que "Aiwaz" for, "Aiwaz" é uma Inteligência dotada de poder e

---

2   Tal teoria ainda implicaria que eu, sem meu próprio conhecimento, possuo todo tipo de conhecimento preternatural e poder. A lei de Parcimônia de Pensamento (sir W. Hamilton) surge em refutação. Aiwaz chama a Si mesmo de "o ministro de Hoor-parr-Kraat", "o gêmeo de Heru-Ra-Ha". Esta é a forma dual de Hórus, filho de Ísis e Osíris.

sabedoria absolutamente além da experiência humana; e assim sendo, Aiwaz é um Ser digno, como o uso corrente da palavra permite, do título de um Deus, realmente de verdade e amém, de um Deus. O homem não tem tal fato registrado, por prova estabelecida em certeza além da cavilação ou da crítica, como este Livro, de testemunhar a existência de uma Inteligência sobre-humana e articulada, interferindo propositalmente na filosofia, na religião, na ética, na economia e na política do Planeta.

A prova de Sua Natureza sobre-humana – chame-O de Demônio ou de Deus, ou mesmo de Elemental, como desejar – é em parte externa, dependendo de acontecimentos e pessoas fora da esfera de Sua influência, parte interna, dependendo da ocultação de (a) certas Verdades, algumas previamente conhecidas, outras não, mas na maior parte além do escopo da minha mente na época da escrita, (b) de uma harmonia de números e letras sutil, delicada e exata, e (c) de Chaves para todos os mistérios da vida, tanto pertinentes à ciência oculta como não, e para todas as Trancas de Pensamento; a ocultação dessas três galáxias de glória, eu digo, em uma cifra simples e luminosa, mas ainda assim ilegível por mais de Catorze anos, e traduzida ainda assim não por mim, mas por minha misteriosa Criança de acordo com a Presciência escrita no próprio Livro, em termos tão complexos que o cumprimento exato das condições de Seu nascimento, que ocorreu com precisão incrível, parecia além de qualquer possibilidade, uma cifra envolvendo alta matemática e conhecimento das Cabalas Hebraica, Grega e Árabe, assim como a Verdadeira Palavra Perdida da Maçonaria, está contudo velada com o material sedoso casual de palavras corriqueiras em inglês, não, de fato até mesmo a circunstância aparentemente acidental das letras do rabisco atormentado pela pressa de Minha caneta.

Muitos desses casos de duplo sentido, paranomásia em uma língua ou outra, às vezes duas ao mesmo tempo, enigmas numérico-literais, e mesmo (em uma ocasião) uma conexão iluminadora de várias letras por um risco cortante, serão encontradas na seção Cabalística do Comentário.

III

Como um exemplo do primeiro método mencionado acima, temos, Cap. III, "O tolo lê este Livro – e ele não o entende.". Isto tem um sentido reverso secreto, significando: O tolo (Parzival[3] = Fra. O.I.V.V.I.O.) entende (sendo um Magister Templi, o Grau atribuído ao Entendimento) não (isto é, ser "não").

Este Parzival, somando 418, é (na lenda do Graal) o filho de Kamuret, somando 666, sendo filho meu, A Besta, com a Mulher Escarlate Hilarion. Este foi o Nome escolhido por ela quando estava meio embriagada, como um furto da lenda Teosófica, mas contendo muitas de nossas Chaves letras-números para os Mistérios; o número de pétalas no lótus mais sagrado. Soma 1001, que também é Sete vezes Onze vezes Treze, uma série de fatores que pode ser lida como o Amor da Mulher Escarlate pela Mágicka produzindo Unidade, em hebraico Achad. Pois 7 é o número de Vênus, e o Nome secreto de sete letras de minha concubina BABALON é escrito com Sete Setes, assim:

77 + ((7+7)/7) + 77 = 156, o número de BABALON.

418 é o número da Palavra da Fórmula Mágica deste Aeon (666 sou eu, A Besta.)

Parzival também teve o nome Achad como Neófito da A.A., e foi Achad quem Hilarion desnudou para Mim. E Achad significa Unidade, e a letra da Unidade é Aleph, a letra do Louco no Tarô. Pois este Louco invocou a Fórmula Mágicka do Éon tomando como seu Nome Mágicko, ou Verdadeiro, um que somava também 418.

Ele o tomou como Nome ao Entrar na Gnose onde há Entendimento, e ele entendeu – este Livro – não. Ou seja, ele entendeu que este Livro era, por assim dizer, um traje ou véu sobre a ideia de "não". Em hebraico, "não" é LA, 31, e AL é Deus, 31, enquanto há um terceiro 31 ainda mais profundamente escondido na letra dupla ST, que é um glifo gráfico do sol e da lua combinados para parecer como o esboço de um Falo, assim – quando escrito em letras maiúsculas gregas. Este S ou Sigma e como um falo, assim [Sigma] quando escrito em minúscula. E como uma serpente ou espermatozoide quando escrito final, assim [Sigma].

---

3   N.d.T Em português, Percival

Este T ou Theta é o ponto no círculo, ou falo no kteis, e também o Sol, assim como o C é a Lua, macho e fêmea.

Mas Sigma em hebraico é Shin, 300, a letra do Fogo e do "Espírito dos Deuses" que paira sobre o Vazio Amorfo no Começo, sendo em sua forma uma língua tripla de fogo, e em significado um dente, que é a única parte da fundação sólida e secreta do Homem que se exterioriza normalmente. Os dentes servem a ele para lutar, esmagar, cortar, rasgar, morder e apertar a presa; testemunham que ele é um animal feroz, perigoso e carnívoro. Mas também são a melhor testemunha da supremacia do Espírito sobre a Matéria, a extrema dureza de sua substância sendo cinzelada, polida e coberta por um filme lustroso pela Vida não menos fácil e belamente que o que faz com tipos de substância mais naturalmente plásticos.

Os dentes são mostrados quando nosso Eu Secreto – ou Ego Subconsciente, cuja Imagem Mágica é nossa individualidade expressa em forma mental e corporal – nosso Anjo da Guarda Santo – adianta-se e declara nossa Verdadeira Vontade a nossos companheiros, seja para rosnar ou escarnecer, para sorrir ou rir.

Os dentes nos servem para pronunciar as letras dentais, que, em sua natureza mais profunda, expressam decisão, fortaleza, permanência, assim como as guturais sugerem o sopro da Vida em si fluindo livremente, e as labiais, as vibrações duplas de ação e reação. Pronuncie T, D, S ou N e perceberá todas elas exalações continuamente forçosas cuja diferença é determinada apenas pela posição da língua, os dentes expostos como quando uma besta selvagem fica acuada. O som sibilante de S ou Sh é nossa palavra em inglês, e também a palavra hebraica, Hush, um S forte aspirado, e sugere o sibilar de uma serpente. Pois este sibilar é um sinal comum de reconhecimento entre os homens quando alguém quer chamar a atenção sem perturbar o silêncio mais que o necessário (Também temos Hist, ou letra Dupla). Este sibilar significa: "Atenção! Um homem!" Pois em todas as línguas semíticas e em algumas arianas, ISh ou uma palavra bastante similar significa "um homem". Pronuncie: você deve mostrar seus dentes cerrados como em desafio, e respirar com força como se estivesse excitado.

Sibile! Sh! Significa "Fique em silêncio! há perigo se for ouvido. Atenção! Há um homem em algum lugar, mortal como uma serpente. Respire profundamente; há uma luta se aproximando."

Este Sh é então o forte, sutil e criativo Espírito da Vida, ardente e triplo, contínuo, Silêncio da pura Respiração modificado em som por dois e trinta obstáculos, como o Zero do Espaço Vazio, embora contenha toda a Vida, apenas toma forma de acordo (como dizem os Cabalistas) com os dois e trinta "Caminhos" de Números e Letras que o obstruem.

Agora, a outra letra, Theta ou Teth, tem o valor de Nove, que é o mesmo de AVB, a Mágicka Secreta de Obeah, e da Sephira Yesod, que é o assento no homem da função sexual, por cuja Mágicka ele supera até mesmo a Morte, e isso em modos mais vários que um maneira, modos que não são conhecidos por ninguém além dos iniciados mais elevados e corretos, batizados pelo Batismo da Sabedoria, comungantes naquela Eucaristia em que o Fragmento da Hóstia no Cálice se torna inteiro.[4]

Este T é a letra de Leo, o Leão, a casa do céu sagrada para o Sol. (Isso também encontramos no número 6, por esta razão 666). E Teth significa uma Serpente, o símbolo da Vida mágica da Alma, senhor do "bastão duplo" da vida e da morte. A[5] serpente é real, encapuçada, sábia, silenciosa, a não ser por um sibilar quando precisa revelar sua Vontade; ela devora sua cauda – o glifo da Eternidade, do Nada e do Espaço; ela se move como ondas, uma essência imaterial viajando através de crista e depressão, como a alma de um homem através de vidas e mortes. Ela se endireita; é a verga que golpeia, a Radiância-luz do Sol ou a radiância da Vida do Falo.

O som do T é tênue e bruscamente final; sugere um ato espontâneo súbito e irrevogável, como a picada da serpente, a fisgada das entranhas, a insolação e o golpe do Lingam.

---

4   O Cálice não é apresentado aos leigos. Os que entendem a razão para isso e outros detalhes da Missa irão se maravilhar com a perfeição com a qual a Comunhão Romana preservou a forma, e perdeu a substância, do Ritual Mágico Supremo da Verdadeira Gnose.

5   N.d.T. No original, Crowley se refere ao animal como "ele", apesar de a palavra em inglês não demonstrar gênero.

Agora, no Tarô o Trunfo ilustrando esta letra Sh é uma antiga forma da Estela da Revelação, Nuith com Shu e Seb, o pentáculo ou figura mágica do velho Éon, assim como Nuit com Hadit e Ra Hoor Khuit é a do novo. O número deste Trunfo é XX. É chamado de Anjo, o mensageiro do Céu do novo Mundo. O Trunfo dando a figura de T é chamado Força. Mostra a Mulher Escarlate, BABALON, montando (ou conjugada com) a mim A Besta; e esta carta é minha carta especial, pois sou Baphomet, "o Leão e a Serpente", e 666, "o número inteiro" do Sol.[6]

Assim, como Sh, XX, mostra os Deuses do Livro da Lei e T, XI, mostra os seres humanos naquele Livro, eu e minha concubina, as duas cartas ilustram o Livro todo em forma pictórica.

Agora XX + XI = XXXI, 31, o qual precisamos colocar com LA, 31, e AL, 31, para que pudéssemos ter 31 x 3 = 93, o Mundo da Lei, THELEMA [em grego], Vontade, e ajuda, Amor, que sob a Vontade é a Lei. É também o número de Aiwaz, o Autor do Livro, da Palavra Perdida cuja fórmula na verdade "levanta Hiram", e muitas outras Palavras da Verdade estreitamente ligadas.

Esta letra Duas-em-Uma [sol, lua] é a terceira Chave para esta Lei; e ao descobrir este fato, depois de anos de busca constante, que esplendores súbitos da Verdade, sagrados assim como secretos, brilharam na meia-noite de minha mente.! Observe agora: "este círculo enquadrado em sua falha é também uma chave". Agora sei que no valor das letras de ALHIM, "os Deuses", os judeus esconderam um valor não exatamente correto de [pi], a razão da circunferência de um círculo para seu diâmetro, para 4 casas decimais: 3.1415; o mais próximo seria 3.1416. Se eu prefixo nossa Chave, 31, colocando [sol, lua], Set ou Satã, diante dos velhos Deuses, obtenho 3.141593, [pi] correto em Seis casas, sendo Seis meu próprio número e o de Hórus e do Sol. E o número inteiro deste novo Nome é 395, que sob análise produz um grupo assombroso de "mistérios" numéricos. (Shin 300, Teth 9, Aleph 1, Lamed 30, He 5, Yod 10, Mem 40. Note que 395 sendo as correções necessárias! Note ainda o 31 e o 93 neste valor de [pi].)

---

6   Os "números mágicos" do Sol são, de acordo com a tradição, 6, (6 x 6)= 36, (666 / 111, e [épsilon] (1-36)=666.)

Agora, para um exemplo de "paronomásia" ou trocadilho. Capítulo III, 17[7] - "Ye, even ye, know not this meaning all[8]." (Note como a gramática peculiar sugere um significado oculto). Pois YE está no hebraico Yod He, o homem e a mulher; A Besta e BABALON, a quem o Deus estava se dirigindo em seu verso. "Know[9]" sugere "no[10]", que dá LA, 31; "not[11]" é LA, 31, novamente, pelo significado real; e "all[12]" se refere a AL, 31, novamente. (Novamente, ALL é 61, AIN, "nada".)

V

Então temos problemas numéricos como este. "Seis e cinquenta. Dividi, somai, multiplicai e compreendei." 6/50 dá 0,12, uma perfeita declaração-glifo da metafísica do Livro.

A evidência externa para o Livro se acumula anualmente; os incidentes relacionados com a descoberta da verdadeira grafia de Aiwaz são sozinhos suficientes para colocá-lo além de qualquer sombra de dúvida de que estou realmente em contato com um Ser de inteligência e poder imensamente mais sutil e maior do que qualquer coisa que podemos chamar de humana.

Esta vem sendo a Única Questão Fundamental de Religião. Sabemos sobre poderes invisíveis, e de sobra! Mas há alguma Inteligência ou Individualidade (do mesmo tipo geral que a nossa) independente de nossa estrutura cerebral humana? Pela primeira vez na história, sim! Aiwaz nos deu provas: o mais importante portal em direção ao Conhecimento se abre.

Eu, Aleister Crowley, declaro sobre minha honra como cavalheiro que considero esta revelação um milhão de vezes mais importante do que o descobrimento da Roda, ou mesmo as

---

7   N.d.T. Na verdade, trata-se do item 16.

8   N.d.T. Na tradução: "Vós, mesmo vós, não sabeis nada deste significado". Não é possível apontar a paronomásia com o texto traduzido.

9   N.d.T. "Sabem".

10   N.d.T. "Não".

11   N.d.T. "Não".

12   N.d.T. "Todos".

Leis da Física e da Matemática. Fogo e Ferramentas feitas pelo Homem dominam este planeta: a Escrita desenvolveu sua mente; mas sua Alma era um palpite até que o Livro da Lei provou isso.

Eu, um mestre do inglês, fui obrigado a tomar em três horas, de um ditado, sessenta e cinco páginas 8" x 10" de palavras não apenas estranhas, mas frequentemente desagradáveis para mim em si mesmas; ocultando em cifras proposições que me eram desconhecidas, majestosas e profundas; prevendo acontecimentos públicos e privados além do meu controle, ou de qualquer homem.

Este Livro prova: há uma Pessoa pensando e agindo de maneira sobre-humana, ou sem um corpo de carne, ou com o poder de se comunicar telepaticamente com os homens e inescrutavelmente dirigir suas ações.

VI

Portanto escrevo isto com um senso de responsabilidade tão agudo que pela primeira vez em minha vida me arrependo de meu senso de humor e das pegadinhas literárias que ele me fez perpetrar. Fico feliz, porém, que tenha sido tomado cuidado com o manuscrito em si e com os diários e cartas daquele período, assim os fatos físicos são tão claros quanto se poderia desejar.

Minha sinceridade e minha seriedade são provadas pela minha vida. Lutei contra este Livro e fugi dele; o denegri e sofri por causa dele. Presente ou ausente de minha mente, veio sendo meu Governante Invisível. Ele me venceu; ano após ano estende sua invasão do meu ser. Sou o cativo da Criança Coroada e Conquistadora.

A questão, então, se levanta: Como o Livro da Lei foi escrito? A descrição na "The Equinox", I, VII, bem poderia ser mais detalhada; também poderia elucidar o problema da aparente mudança de interlocutor e os lapsos ocasionais do simples trabalho de escriba do manuscrito.

Posso observar que não deveria ter deixado motivos tão óbvios de acusação como estes caso tivesse preparado o manuscrito para parecer bonito ao olho crítico; nem deveria ter deixado tais deformidades curiosas de gramática e sintaxe, defeitos de ritmo, e estranhezas de frase. Não deveria ter impresso passagens, algumas divagantes e ininteligíveis, algumas repugnantes à razão por sua absurdidade, outras por sua ferocidade bárbara abomináveis ao coração. Não deveria ter permitido tal amontoado de questões, tais saltos abruptos de um assunto para o outro, desordem devastando a razão com desleixo desconexo. Não deveria ter tolerado as discordâncias, salientes e destoantes, de estilo, como quando um panegírico sublime da Morte é seguido primeiro por uma cifra, e então por uma profecia, antes que, sem tomar fôlego, o autor salte para a maior magnificência de pensamento, tanto místico como prático, em uma linguagem tão concisa, simples e lírica como se para confundir nosso próprio espanto. Não teria escrito "Ay" em vez de "Aye" ou consentido com o horror "abstrução"[13].

Compare este meu Livro com as "brincadeiras", nas quais fingi editar o manuscrito de outros: "Alice", "Ânfora", "Nuvens sem Água". Observe-se em cada caso a perfeição técnica do manuscrito "descoberto" ou "traduzido", arte e técnica fluida e hábil de um Antigo Mestre; observe-se o tom e estilo cuidadosamente detalhados dos prefácios, e a criação diligente das personalidades do autor e do editor imaginários.

Note-se, sobretudo, que com vaidade gananciosa reclamei a autoria até mesmo de todos os outros Livros na Classe A da A.A., embora os tenha escrito com inspiração além da que sei que possuo. Ainda assim, nestes Livros Aleister Crowley, mestre em inglês tanto em prosa quanto em verso, teve parte na medida em que era Aquilo. Compare aqueles Livros com o Livro da Lei! O estilo deles é simples e sublime; as imagens são maravilhosas e perfeitas; o ritmo é sutil e intoxicante; o tema é interpretado em uma sinfonia perfeita. Não há erros de gramática, infelicidades no fraseado. Cada Livro é perfeito a seu modo.

Eu, me atrevendo a tomar crédito por aqueles livros, naquele Índice brutal do Volume Um de "The Equinox", de modo

---

13 N.d.T. Em inglês, "abstruction", palavra inexistente no inglês, uma junção de abstração e construção.

algum me atrevi a alegar ter tocado o Livro da Lei, nem com a menor das pontas dos meus dedos.

Eu, gabando-me de meus muitos Livros; eu, jurando que cada um é uma obra-prima; eu ato o Livro da Lei a dezenas de pontos da literatura. Ainda assim, do mesmo modo, testemunho, como Mestre do Inglês, que sou completamente incapaz, mesmo na maior inspiração, do inglês que encontro no Livro repetidamente.

Conciso, e ainda assim sublime, são os versos deste Livro; sutis, porém simples; com ritmo sem par, direto como um raio de luz. Suas imagens são gloriosas sem decadência. Lida com ideias primárias. Anuncia revoluções em filosofia, religião, ética, deveras, em toda a natureza do Homem. Para isso não precisa de mais do que rolar ondas do mar solenemente adiante, oito palavras, como "Cada homem e cada mulher é uma estrela", ou explodir em uma torrente imensa de monossílabos, como "Faze o que queres há de ser o todo da Lei".[14]

Nuit grita: "Eu vos amo", como uma amante; quando até mesmo João alcançou apenas a proposição impessoal e fria "Deus é amor". Ela seduz como uma amante; sussurra: "Para mim!" em cada ouvido; Jesus, com verbos desnecessários, apela veementemente àqueles "que estais cansados sob o peso do vosso fardo". No entanto ele pode prometer no presente, diz: "Concedo júbilos inimagináveis na terra", tornando a vida digna; "certeza, não fé, durante a vida, na morte", a luz elétrica Conhecimento para o fogo-fátuo Fé, tornando a vida livre de medo, e a morte em si digna: "paz indescritível, descanso, êxtase", deixando mente e corpo à vontade, para que a alma esteja livre para transcendê-los quando desejar.

Jamais escrevi em tal inglês; e jamais irei, isso bem sei. Shakespeare não poderia tê-lo escrito; menos ainda poderiam Keats, Shelley, Swift, Sterne ou mesmo Wordsworth. Apenas no Livro de Jó e no Eclesiastes, na obra de Blake, ou possivelmente na de Poe, há alguma abordagem com essa profundidade sucinta de pensamento em uma forma de tal simplicidade musical, a não ser que seja em

---

14 N.d.T. Em inglês, a frase é composta de monossílabos: ""Do what thou wilt shall be the whole of the Law".

poetas gregos ou latinos. Nem Poe nem Blake poderiam ter mantido seus esforços como faz este nosso Livro da Lei; e os hebreus usaram truques de verso, artifícios mecânicos para sustentá-los.

Como então – uma vez mais de volta ao Caminho! – como então ele foi escrito?

VII

Farei o que poderia chamar de um inventário do mobiliário do Templo, as circunstâncias do caso. Descreverei as condições do fenômeno como se fosse qualquer outro acontecimento sem explicação na Natureza.

1. A DATA

O Capítulo I foi escrito entre o Meio-dia e 1 p.m. em 8 de abril de 1904.

O Capítulo II, entre Meio-dia e 1 p.m. de 9 de abril de 1904.

O Capítulo III, entre Meio-dia e 1 p.m. de 10 de abril de 1904.

A escrita tinha início exatamente ao soar da hora, e terminava exatamente uma hora depois; era apressada em todo o tempo, sem pausas de nenhum tipo.

2. O LUGAR

A cidade era Cairo.

Da rua, ou melhor, das ruas, não me recordo. Há uma "Praça" em que quatro ou cinco ruas se cruzam; é perto do Museu Boulak, mas um caminho um tanto distante do Shepherd. O quarteirão é elegantemente europeu. A casa ocupava uma esquina. Não me lembro de sua orientação; mas, ao que parece levando em conta as orientações para invocar Hórus, uma janela do templo se abria para o Leste ou o Norte. O apartamento tinha vários cômodos no térreo, bem mobiliados no estilo anglo-egípcio. Foi alugado por uma companhia chamada Congdon & Co.

O cômodo era um escritório de onde foram tirados obstáculos frágeis, mas sem outras preparações para servir como templo. Tinha portas duplas, apontando ao corredor para o Norte e uma porta para o Leste levando a outro cômodo, a sala de jantar, creio. Tinha duas janelas que se abriam para a Praça, ao Sul, e uma escrivaninha contra a parede entre elas.

3. AS PESSOAS

A. Eu mesmo, 28 anos e ½. Em boa saúde, aficionado por esportes ao ar livre, especialmente alpinismo e caça de grandes animais. Adeptus Major da A∴A∴, mas cansado do misticismo e insatisfeito com a Mágicka. Um racionalista, budista, agnóstico, anticlerical, antimoral, Tory[15] e Jacobita. Jogador de xadrez, amador de primeira classe, capaz de jogar três jogos simultâneos vendado. Viciado em ler e escrever. Educação: governanta e tutores particulares, escola preliminar Habershon's em St. Leonards, Sussex, tutores particulares, escola particular na rua Bateman, 51, em Cambridge, tutores particulares, Yarrow's School, em Streatham, perto de Londres. Malvern College, Tonbridge School, tutores particulares, Eastbourne College, King's College, em Londres, Trinity College, em Cambridge.

Moralidade – sexualmente potente e passional. Vigorosamente macho para fêmea; livre que qualquer impulso similar em direção ao meu próprio sexo. Minha paixão por mulheres bastante altruísta: o principal motivo dar-lhes prazer. Portanto, intensa ambição de entender a natureza feminina; por este propósito, me identificar com os sentimentos delas, e usar todos os meios apropriados. Imaginativo, sutil, insaciável; toda a questão uma mera tentativa desajeitada de saciar esta sede da alma. Esta sede de fato vem sendo meu único Senhor supremo, dirigindo todos os meus atos sem permitir que quaisquer outras considerações a afetem minimamente.

Estritamente moderado na bebida, jamais estive nem perto da intoxicação. Vinho leve minha única forma de álcool.

Senso de justiça e equidade tão sensível, equilibrado e persuasivo como quase uma obsessão.

Generoso, a não ser quando suspeitava estar sendo depenado: "economiza centavos e desperdiça libras". Perdulário, descuidado,

---

15 N.d.T. Partido conservador do Reino Unido.

não um jogador, pois valorizava ganhar em jogos de habilidade, o que lisonjeava minha vaidade.

Bondoso, gentil, afetuoso, egoísta, vaidoso, inconsequente e cuidadoso por turnos.

Incapaz de guardar rancor, até dos insultos e injúrias mais graves; porém apreciando infligir dor pelo ato em si. Posso atacar um estranho inocente e torturá-lo cruelmente por anos, sem sentir a menor animosidade contra ele. Afeiçoado por animais e crianças, que quase sempre retribuem meu amor. Considero o aborto a forma mais vergonhosa de assassinato, e abomino os códigos sociais que o encorajam.

Detestava e desprezava minha mãe e a família dela; amava e respeitava meu pai e a família dele.

ACONTECIMENTOS CRÍTICOS EM MINHA VIDA:
- Primeira viagem para fora da Inglaterra, 1883
- Pai morreu em 5 de março de 1887.
- Albuminúria interrompeu meus estudos, 1890-92.
- Primeiro ato sexual, provavelmente 1889.
- O mesmo com uma mulher, março de 1891
  (Torquay – uma garota do teatro)
- Primeira escalada séria de montanha, em Skye, 1892
  (o "Pinnacle Ridge"[16] de Sgurr-nan-Gillean.)
- Primeira escalada alpina, 1894.
- Admitido na Ordem Militar do Templo,
  meia-noite de 31 de dezembro de 1896.
- Admitido em posição permanente no Templo,
  meia-noite, 31 de dezembro de 1897.
- Compra de Boleskine, 1899.
- Primeira escalada mexicana, 1900.
- Primeira grande caçada, 1901.
- Primeira escalada no Himalaia, 1902
  (Chogo Ri, ou expedição "K2".)
- Casamento em Dingwall, Escócia, 12 de Agosto de 1903.
- Lua de mel em Boleskine, depois para Londres,

16 N.d.T. Em português, "cume do espinhaço"

Paris, Nápoles, Egito, Ceilão e de volta para o
Egito, Helwan e Cairo, no começo de 1904.

- Minha carreira "oculta".
- Pais Irmãos de Plymouth[17], exclusivos.
- Pai um real IP, e assim tolerante com seu filho.
- Mãe apenas se tornou IP para agradá-lo e, talvez, para agarrá-lo, e portanto tão fanática de modo pedante.
- Depois da morte dele fui torturado com persistência insensata, até que disse: Mal, sê tu meu bem! Pratiquei a perversidade furtivamente como uma fórmula mágica, mesmo quando era de mau gosto; por exemplo, entrava furtivamente em uma igreja[18]– um lugar onde minha mãe não entraria nem no serviço funerário de sua irmã mais querida.
- Revoltei-me abertamente quando a puberdade me deu um senso moral.
- Cacei novos "Pecados" até outubro de 1897, quando um deles se voltou contra mim e me ajudou a experimentar o "Transe da Dor" (Percepção da Impermanência até mesmo dos maiores esforços humanos.) Invoquei assistência, Páscoa, 1898.
- Iniciado na Ordem Hermética da Aurora Dourada, 18 de novembro de 1898.
- Comecei a realizar a Operação de Abramelin, 1899.
- Iniciado na Ordem R.R. et A.C.[19], Janeiro de 1909.
- Recebi o grau maçônico 33, 1900.
- Comecei a praticar ioga, 1900.
- Obtive o primeiro Dhyana, 1º de outubro de 1901.
- Abandonei todos os trabalhos ocultos sérios de qualquer tipo em 3 de outubro de 1901 e assim permaneci até

---

17 N.d.T. Movimento cristão evangélico originado do anglicanismo, mais conhecido no Brasil como Casa de Oração

18 Igreja Anglicana. Pensava com confiança que o Anglicanismo era uma forma particularmente violenta de Adoração do Diabo, e estava desesperado por não conseguir encontrar onde entrava a Abominação.

19 N.d.T. *Ordo Rosae Rubeae et Aureaue Crucis*, nomenclatura da Segunda Ordem ou Círculo Interno da Aurora Dourada

julho de 1903, quanto tentei em vão me forçar a ser um Eremita Budista Proprietário nas Terras Altas da Escócia.

- O casamento foi uma devassidão sexual ininterrupta até a época da escrita do Livro da Lei.

B. Rose Edith Kelly.

Nascida em 1874 (23 de julho). Por volta de 1895, casou-se com um tal de major Skerrett, R.A.M.C.[20], e viveu com ele por uns dois anos na África do Sul. Ele morreu em 1897.

Ela se permitiu algumas intrigas débeis até 12 de Agosto de 1903, quando se tornou minha mulher, engravidando de uma menina nascida em 28 de julho de 1904. Saúde admiravelmente robusta em todos os pontos; ela era tanto ativa quanto resistente, como nossas viagens no Ceilão e através da China provam. Corpo perfeito, nem gordo nem magro, rosto belo sem ser trivial; apenas não alcançava a Beleza por não ter o "toque do bizarro" de Goethe. Personalidade intensamente poderosa e magnética; intelecto ausente, mas mente adaptável à de qualquer companhia, de modo que ela podia sempre dizer o nada certo.

Charme, graça, vitalidade, vivacidade, tato, modos, tudo indizivelmente fascinante.

Da mãe ela herdou dipsomania, o pior caso de furtividade, esperteza, falsidade, deslealdade e hipocrisia que o especialista que consultei jamais conhecera. Isso era, no entanto, latente durante a satisfação da sexualidade[21], o que removia tudo mais em sua vida, como da minha.

Educação estritamente social e doméstica; não sabia nem francês de colégio. Não tinha lido nada, nem mesmo romances. Era um milagre de perfeição como Ideal Poético, Amante, Mulher, Mãe, Dirigente da Casa, Enfermeira Companheira e Camarada.

C. Nosso chefe da criadagem, Hassan ou Hamid, eu me esqueço. Um atleta alto, digno e belo de cerca de 30 anos. Falava um

---

20 N.d.T. Sigla para Royal Army Medical Corps, corpo de oficiais médicos do Exército britânico.

21 Isso se quebrou durante minha ausência (1906), tornando impossível retomar a relação anterior.

bom inglês e administrava a casa bem; sempre lá e nunca no caminho.

Creio que mal vi os criados sob sua autoridade; nem mesmo sei quantos eram.

D. O tenente-coronel Alguém, começando, creio, com B, casado, de meia-idade, com modos como as Regras de uma Prisão. Não consigo me lembrar se cheguei a vê-lo; mas o apartamento me foi sublocado por ele.

E. Brugsch Bey do Museu Boulak jantou conosco uma vez para falar sobre a Estela em seu encargo e arranjar sua "abstrução". Seu curador assistente francês, que traduziu os hieróglifos da Estela para nós.

F. Um sr. Bach, proprietário do "Egyptian News", um hotel, uma parte de ferrovia, &c, &c, jantou uma vez.

Além desses, não conhecíamos ninguém no Cairo a não ser nativos, ocasionalmente nos enturmávamos com um general Dickson, que havia aceitado o Islã, vendedores de tapetes, cafetões, joalheiros e mais pessoas de pouca importância. Insinuações contraditórias em um dos meus diários foram inseridas deliberadamente para despistar, por algum não-motivo tolo sem conexão com a Mágicka[22].

4. OS ACONTECIMENTOS QUE LEVARAM À ESCRITA DO LIVRO. EU OS SUMARIZO DE "EQUINOX", I, VII.

16 de março. Tentei desvelar os Silfos a Rose[23]. Ela estava em um estado atordoado, estúpido, possivelmente bêbada; possivelmente histérica por causa da gravidez. Ela não conseguia ver nada, mas podia ouvir. Ficou impetuosamente empolgada com as mensagens, e entusiasticamente insistente para que eu as levasse a sério.

---

22 Ver capítulo anterior.

23 Eu as invoquei Segundo a seção do Ar do Liber Samekh e os nomes de Deuses, Pentagramas &c apropriados .

Fiquei irritado com sua irrelevância e sua inflicção de tolices a mim.

Ela jamais estivera em nenhum estado remotamente parecido com isso, embora eu tenha feito a mesma invocação (completa) na câmara do Rei da Grande Pirâmide durante a noite que passamos lá no outono anterior.

17 de março. Mais mensagens aparentemente sem sentido, dessa vez espontâneas. Eu invoquei Thoth, provavelmente como em Liber LXIV, e presumivelmente para aclarar a bagunça.

18 de março. Thoth evidentemente se libertou através dela; pois ela descobre que Hórus fala comigo através dela, e O identifica por um método que exclui totalmente acaso ou coincidência, envolvendo conhecimento que apenas eu possuía, parte dele arbitrário, de modo que ela ou seu informante precisaria ser capaz de ler minha mente tão bem quanto se eu falasse em voz alta.

Ela então, desafiada a apontar a imagem Dele, passa por várias similares para se fixar em uma na Estela. O interrogatório deve ter ocorrido entre 20 e 23 de março.

20 de março. Sucesso em minha invocação de Hórus, ao "quebrar todas as regras" ao comando dela. Esse sucesso me convenceu magicamente e me encorajou a testá-la do modo mencionado acima. Deveria certamente ter me referido à Estela em meu ritual se a tivesse visto antes dessa data. Arranjo uma Visita ao Boulak para segunda, 21 de março.

Entre 23 de março e 8 de abril os Hieróglifos da Estela estavam aparentemente traduzidos pelo curador assistente do Boulak, para francês ou inglês – estou quase certo de que era francês – e versificados (como agora impressos) por mim.

Também entre essas datas minha mulher deve ter me dito que seu informante não era Hórus, ou Ra Hoor Khuit, mas um mensageiro Dele, chamado Aiwass.

Pensei que ela deveria ter forjado a palavra por constantemente ouvir "Aiwa", o termo para "sim" em árabe. Ela não poderia ter inventado um nome desse tipo, no entanto; o máximo que conseguiria era dizer uma frase como "cachorrinho calmo" para um amigo, ou corromper um nome como Neuberg em um insulto obsceno.

O silêncio de meus diários parece provar que ela não me ofereceu nada mais de importante. Estava decifrando o problema Mágico que me fora apresentado pelos acontecimentos de 16-21 de março. Quaisquer perguntas que fiz a ela não foram respondidas ou foram respondidas por um Ser cuja mente era tão diferente da minha que não conseguimos conversar. Tudo que minha mulher conseguiu Dele foi me mandar fazer coisas magicamente absurdas. Ele não entraria no meu jogo; eu deveria jogar o Dele.

7 de abril. Não depois dessa data recebi ordens de entrar no "templo" exatamente ao meio-dia nos três dias seguintes e escrever o que ouvia durante uma hora, não mais nem menos. Imagino que algumas preparações foram feitas, possivelmente sangue de touro queimado como incenso, ou ordens sobre detalhes de vestimentas ou dieta; não me lembro de nada, de um jeito ou de outro. Sangue de touro foi queimado em algum momento durante essa estadia no Cairo; mas eu me esqueço de quando ou por quê. Creio que foi usado na "Invocação das Sílfides".

5. A ESCRITA DE FATO

Os três dias foram precisamente similares, a não ser que no último fiquei nervoso temendo não conseguir ouvir a Voz de Aiwass. Eles então serão descritos juntamente.

Entrei no "templo" um minuto antes, para fechar a porta e me sentar na batida do meio-dia.

Em minha mesa estavam minha caneta – uma caneta-tinteiro Swan– e suprimentos de papel tamanho quarto, 8 por 10 polegadas.

Nunca olhei em volta no cômodo em nenhum momento.

A Voz de Aiwass vinha aparentemente por sobre meu ombro esquerdo, saindo do canto mais distante do cômodo. Parecia ecoar em meu coração físico de um modo muito estranho, difícil de descrever. Tenho notado um fenômeno similar enquanto espero por uma mensagem atormentado por grande esperança ou medo. A voz era derramada de modo inflamado, como se Aiwass estivesse alerta sobre o limite de tempo. Escrevi 65 páginas do presente ensaio (em meu ritmo costumeiro de composição) em cerca de 10 horas e ½, contra as 3 horas das 65 páginas do Livro da Lei. Fui bastante pressionado para manter o ritmo; o manuscrito mostra isso claramente.

A voz tinha um timbre profundo, musical e expressivo, seu tom solene, voluptuoso, terno, feroz ou o que mais se adequasse ao ânimo da mensagem. Não era baixo – talvez um tenor profundo ou barítono.

O inglês não apresentava sotaque nativo ou estrangeiro, perfeitamente puro de maneirismos locais ou de casta, sendo assim surpreendente e mesmo assombroso ao ser ouvido pela primeira vez[24].

Tive uma forte impressão[25] de que quem falava estava na verdade no canto em que parecia estar, em um corpo de "matéria fina", transparente como um véu de gaze, ou uma nuvem de fumaça de incenso. Ele parecia ser um homem alto e moreno por volta de trinta anos, bem construído, ativo e forte, com o rosto de um rei selvagem, e olhos velados para que seu olhar não destruísse o que via. As vestes não eram árabes; sugeriam Assíria ou Pérsia, mas muito vagamente. Pouco notei isso, pois para mim naquele momento Aiwass era um "anjo" como os que vi com frequência em visões, sendo puramente astral.

Agora estou inclinado a crer que Aiwass não é apenas o Deus ou Demônio ou Diabo um dia considerado sagrado na Suméria, e meu próprio Anjo da Guarda, mas também um homem como eu sou, na medida em que Ele usa um corpo humano para fazer Sua ligação mágica com a Humanidade, a quem Ele ama, e que Ele é assim um Ipsissimus, o Chefe da A.'.A.'. Mesmo eu posso fazer, de modo bem mais débil, esse Trabalho de ser um Deus e uma Besta, &c., &c., tudo ao mesmo tempo, com a mesma plenitude de vida[26].

---

24   O efeito era assim como se a língua fosse "inglês em si", sem nenhuma procedência, como existe quando alguém ouve qualquer ser humano falar, e que permite que se atribua toda sorte de características a quem fala.

25   Esta impressão parece ter sido uma espécie de visualização na imaginação. Não é incomum para mim receber insinuações dessa maneira.

26   Não quero dizer necessariamente que ele é um membro da sociedade humana de modo normal. Ele pode em vez disso formar para Si um corpo humano conforme as circunstâncias indicam, a partir dos Elementos apropriados, e dissolvê-lo quando a ocasião para seu uso tiver passado. Digo isso porque recebi permissão para vê-Lo nos anos recentes em uma variedade de aparências físicas, todas igualmente "materiais" no sentido de que meu próprio corpo o é.

6. A EDIÇÃO DO LIVRO

"Não mudes sequer o estilo de uma letra" no texto me salvou de Crowley-ficar o Livro inteiro e estragar tudo.

O manuscrito mostra o que foi feito, e por que, como se segue:

- Na página 6 Aiwaz me instrui a "escrever isso (o que ele havia acabado de dizer) em palavras mais brancas", pois minha mente se regozijou com Sua frase. Ele completou imediatamente: "Mas continua", ou seja, com Seu discurso, deixando a emenda para depois.

- Na página 19 não ouvi uma sentença, e (depois) a Mulher Escarlate, invocando Aiwass, escreveu as palavras que faltavam. (Como? Ela não estava no cômodo na ocasião, e nada ouviu.)

- Na página 20 do Cap. III, ouvi uma frase indistintamente, e ela a inseriu, assim como "B".

- Estando pronta a paráfrase versificada dos hieróglifos da Estela, Aiwaz me permitiu inseri-la depois, para poupar tempo.

A não ser por estes quatro casos, o manuscrito está exatamente como foi escrito naqueles três dias. A Recensão Crítica irá explicar esses pontos conforme eles ocorrem.

O problema da forma literária deste Livro é espantosamente complexo; mas a evidência interna do sentido é normalmente suficiente para deixar claro, sob inspeção, quem está falando e quem está sendo endereçado.

Não houve, no entanto, nenhuma voz audível a não ser a de Aiwaz. Até mesmo minhas próprias observações feitas silenciosamente foram incorporadas por ele de modo audível, sempre que ocorreram.

CAPÍTULO I

Verso 1. Quem fala é Nuit. Ela invoca seu amante e então começa a dar um título a seu discurso no fim dos versos 1-20.

Nos versos 3 e 4 ela começa seu discurso. Até então suas observações não foram endereçadas a ninguém em particular.

Verso 4 assustou minha inteligência até a revolta.

No verso 5 ela explica que está falando e pede a mim pessoalmente para ajudá-la a revelar-se ao escrever sua mensagem.

No verso 6 ela me reivindica como seu escolhido, e creio que então fiquei com medo por temer que fosse esperado muito de mim. Ela responde a este medo no verso 7 ao introduzir Aiwaz como o verdadeiro interlocutor em sotaques humanos articulados em nome dela.

No verso 8 a oração continua, e agora vemos que é endereçado à humanidade em geral. Isso continua até o verso 13.

O verso 14 é da Estela. Parece ter sido escrito por mim em um tipo de apreciação ao que ela havia acabado de dizer.

O verso 15 enfatiza que a humanidade em geral é quem é endereçada; pois se refere à Besta na terceira pessoa, embora os seus fossem os únicos ouvidos humanos a ouvir as palavras dela.

Os versos 18-19 parecem ter quase a natureza de uma citação de algum hino. Não é exatamente natural a ela endereçar a si mesma como parece fazer no verso 19.

Verso 26. A questão "Quem sou eu, e qual será o sinal" é meu próprio pensamento consciente. Nos versos anteriores fui convocado a uma missão exaltada e naturalmente sinto-me nervoso. Este pensamento então entrou nos registros por meio de Aiwaz, como se fosse uma história que ele estivesse contando, e ele desenvolve esta história após a resposta dela, para trazer de volta o enredo do capítulo aos mistérios numéricos de Nuith nos versos 24-25, agora continuados no verso 28.

Outra dúvida deve ter surgido em minha mente no verso 30; e esta dúvida é interpretada e explicada a mim pessoalmente no verso 31.

A fala à humanidade é retomada no verso 32, e Nuith enfatiza a questão do verso 30, que me fez duvidar. Ela confirma isso com um juramento, e eu me convenci. Pensei comigo mesmo, "neste caso que tenhamos instruções escritas sobre a técnica", e Aiwaz novamente torna meu pedido em história, como no verso 26.

No verso 35 parece que ela se dirige a mim pessoalmente, mas no verso 36 ela fala sobre mim na terceira pessoa.

Verso 40. A palavra "nós" é bastante enigmática. Aparentemente significa "Todos que aceitaram a Lei cuja palavra é Thelema". Ela se inclui entre eles.

Não há agora nenhuma dificuldade por um longo trecho. É um discurso geral lidando com vários assuntos até o final do verso 52. Do verso 53 ao 56 temos uma fala estritamente pessoal a mim. No verso 57 Nuith recomeça sua exortação geral. E novamente refere-se a mim na terceira pessoa.

Verso 62. A palavra "Tu" não é um adereço pessoal. Significa qualquer pessoa única, em contraste a uma companhia. O "Vós" na terceira sentença indica a conduta apropriada para adoradores enquanto um conjunto. O "vós" na sentença 4 se aplica, é claro, a uma pessoa apenas; mas a forma plural indica que é uma questão de adoração pública, em contraste com a invocação no deserto na primeira sentença deste verso[27].

Não há mais dificuldades neste capítulo.

O verso 66 é a declaração de Aiwaz de que as palavras do verso 65, que foram ditas diminuendo até pianíssimo, indicaram a retirada da deusa.

CAPÍTULO II

O próprio Hadit é evidentemente quem fala desde o começo. As observações são gerais. O verso 5 fala de mim na terceira pessoa.

Depois do verso 9 ele nota minhas objeções veementes a escrever declarações às quais meu ser consciente se opunha obstinadamente.

O verso 10, adereçado a mim, nota o fato; e no verso 11 ele declara que é meu mestre, e que a razão disso é que ele é meu eu secreto, conforme explicado nos versos 12-13.

A interrupção parece ter adicionado excitação ao discurso, pois o verso 14 é violento.

Os versos 15 & 16 oferecem um enigma, enquanto o verso 17 é um tipo de paródia de poesia.

---

27 N.d.T. Por questões inerentes ao português, os pronomes estão indicados na conjugação dos verbos, e não aparecem escritos.

O verso 18 continua seu ataque à minha mente consciente. Nos versos 15-18 o estilo é complicado, brutal, desdenhoso e escarnecedor. Sinto que toda a passagem é um ataque desdenhoso à resistência de minha mente.

No verso 19 ele volta ao estilo exaltado com que começou até que interferi.

A passagem parece ser dirigida aos que ele chama de seus escolhidos ou seu povo, embora não seja explicado exatamente o que ele quer dizer com essas palavras.

Esta passagem do verso 19 ao verso 52 é de uma eloquência permanente e sem par.

Devo ter me oposto a algo no verso 52, pois o verso 53 é dirigido para me encorajar pessoalmente por ter transmitido esta mensagem.

O verso 54 lida com outro ponto referente à inteligibilidade da mensagem.

O verso 55 me instruiu a obter a Cabala inglesa; isso me tornou incrédulo, pois a tarefa me pareceu impossível, e provavelmente sua percepção desta crítica inspirou o verso 56, embora "Vós, zombadores" evidentemente se refira aos meus inimigos, mencionados no verso 54.

O verso 57 nos traz de volta ao assunto começado no verso 21. É uma citação verbatim do Apocalipse, e provavelmente sugerida pelo conteúdo do verso 56.

Não há nenhuma mudança real na essência de nada, no entanto suas combinações variam.

Os versos 58-60 concluem a passagem.

Verso 61. O discurso agora é estritamente pessoal. Durante todo esse tempo Hadit esteve quebrando minha resistência com suas expressões violentas e frases variadas. Como resultado disso, alcancei o transe descrito nestes versos do 61-68.

O verso 69 é o retorno à consciência de mim mesmo. Foi um tipo de pergunta sem ar como um homem que sai do Éter poderia fazer: "Onde estou eu?". Acho que é a única passagem em todo o livro que não foi dita por Aiwaz; e eu devo dizer que os versos 63-68 foram escritos sem consciência nenhuma de serem ouvidos.

O verso 70 não se digna a responder minhas questões, mas aponta para o modo de administrar a vida. Isso continua até o verso 74, e parece não ser endereçada a mim pessoalmente, mas a qualquer homem, apesar do uso da palavra "Tu".

O verso 75 muda abruptamente o assunto, interpolando o enigma do verso 76 com sua profecia. O verso é dirigido a mim pessoalmente, e continua até o fim do verso 78 a misturar eloquência lírica com enigmas literais e numéricos.

O verso 79 é a declaração de Aiwaz de que o fim do capítulo chegou. A isso ele adiciona um cumprimento pessoal a mim.

CAPÍTULO III

O verso 1 parece completar o triângulo começado pelos primeiros versos dos dois capítulos anteriores. É uma declaração simples que não envolve nenhum falante ou ouvinte em particular. A omissão do "i" no nome do Deus parece ter me alarmado, e no verso 2 Aiwaz oferece uma explicação apressada de uma maneira um tanto excitada, e invoca Ra-Hoor-Khuit.

O verso 3 é falado por Ra-Hoor-Khuit. "Eles" evidentemente se refere a inimigos não descritos, e "vós" a aqueles que aceitam esta fórmula. Esta passagem termina com o verso 9. Os versos 10 e 11 são dirigidos a mim pessoalmente e à Mulher Escarlate, conforme mostrado na continuação desta passagem, que parece acabar com o verso 33, embora seja um tanto vaga às vezes se a exortação se dirige à Besta, à Besta e sua concubina, ou aos discípulos de Hórus.

O verso 34 é uma espécie de peroração poética, e não é dirigindo a ninguém em particular. É uma declaração de acontecimentos por vir.

O verso 35 afirma simplesmente que a seção um deste capítulo está completa.

Pareço ter me entusiasmado, pois há uma espécie de interlúdio registrado por Aiwaz de minha canção de adoração traduzida da Estela; o incidente se compara àquele do capítulo I, verso 26 &c.

Note-se que as traduções da Estela nos versos 37-38 não são mais que pensamentos instantâneos a serem inseridos depois.

O verso 38 começa com minha fala ao Deus na primeira sentença, enquanto na segunda está sua resposta a mim. Ele então se refere aos hieróglifos da Estela, e me pede para citar minhas paráfrases. Esta ordem foi dada por uma espécie de gesto sem palavras, não visível ou audível, mas sensível de alguma forma oculta.

Os versos 39-42 são instruções para mim pessoalmente.

Os versos 43-45 indicam a conduta apropriada para a Mulher Escarlate.

O verso 46 é novamente mais geral – um tipo de declaração aos soldados antes da batalha.

O verso 47 é novamente em sua maior parte formado por instruções pessoais, mescladas a profecias, prova da origem sobre-humana do Livro, e outras questões.

Observo que esta instrução, juntamente com aquela para não mudar "nem mesmo o estilo de uma letra" etc., significam que minha caneta estava sob o controle físico de Aiwaz; pois este ditado não incluiu orientações sobre o uso de maiúsculas, e os ocasionais erros ortográficos seguramente não são meus!

O verso 48 desconsidera tais questões práticas como uma chateação.

Os verso 49-59 contém uma série de declarações de guerra; e não há maiores dificuldades a respeito do falante ou do ouvinte até o fim do capítulo, embora o assunto mude repetidamente de modo incompreensível. Apenas no verso 75 encontramos uma peroração de todo o livro, presumivelmente por Aiwaz, terminando com sua fórmula de retirada.

Concluo demonstrando os princípios de Exegese nos quais baseei meu comento[28].

1. É "meu escriba Ankh-af-na-khonsu" (CCXX, I, 36) que "comentará" sobre "este livro" "seguir pela sabedoria de Ra-Hoor-Khuit";

---

28 A passagem a seguir até o fim do capítulo se refere ao Comentário, enquanto o Comento em si está impresso acima com o texto. Este Comento é a mensagem realmente inspirada, cortando, como faz, todas as dificuldades com apenas um golpe. Decidimos, no entanto, reter a passagem por seu interesse essencial e como uma preliminar à publicação do Comentário – Ed.

ou seja, Aleister Crowley deverá escrever o Comento do ponto de vista da manifestação positiva Senhor do Éon, em termos simples do finito, e não aqueles do infinito.

2. "Hadit ardendo em teu coração tornará tua caneta rápida e segura" (CCXX, III, 40). Minha própria inspiração, não qualquer conselho ou consideração intelectual de fora, deve ser a força a energizar este trabalho.

3. Quando o texto está em inglês simples e direto, não devo buscar, ou permitir, interpretação em discordância dele.

Posso admitir um significado secundário cabalístico ou criptográfico quando ele confirma, amplia, aprofunda, intensifica ou clarifica o significado óbvio, de senso comum; mas apenas se for parte do plano geral de "luz latente", e provado por testemunhas abundantes.

Por exemplo: "Para mim![29]" (I, 65) deve ser entendido primariamente em seu sentido óbvio como o Chamado de Nuith para nós Suas estrelas.

A transliteração "TO MH" pode ser admitida como a "assinatura" de Nuith, identificando-A como a pessoa que fala; pois essas Palavras gregas significam "O Não", que é o Nome Dela.

Esta Gematria de TO MH pode ser admitida como confirmação adicional, porque seu número 418 é manifestado em outros lugares como o de Éon.

Mas TO MH não pode ser entendido como negação de versos anteriores, ou 418 como indicação da fórmula para abordá-La, embora de fato o seja, sendo a Rubrica do Grande Trabalho. Eu me recuso a considerar simples pertinência como conferência de título de autoridade, e a ler minhas próprias teorias pessoais no Livro. Insisto que toda interpretação deva ser incontestavelmente autêntica, nem mais, menos ou diferente do que significou na Mente de Aiwaz.

---

29 N.d.T. Em inglês, "To me", portanto a transliteração logo a seguir, "TO MH", é sugerida.

4. Reivindico ser a única autoridade competente para decidir ponto de desacordo a respeito do Livro da Lei, vendo que seu Autor, Aiwaz, não é outro que meu próprio Anjo Guardião Sagrado, Cujo Conhecimento e Conversa eu atingi, de modo que tenho acesso exclusivo a Ele. Tenho levado devidamente cada dificuldade a Ele diretamente, e recebido Sua resposta; minha decisão portanto é absoluta, inapelável.

5. O verso 47 do capítulo III[30], "mas um vem após ele, de onde não digo, que descobrirá a Chave de tudo isso" foi cumprido por "um" Achad, não é dito que irá se estender além deste simples feito; Achad não é indicado em lugar algum como nominado ou mesmo autorizado a aliviar A Besta de Sua tarefa do Comento. Achad provou a si mesmo[31] e provou o Livro, por sua conquista; e isto deve bastar.

6. Onde quer que
    a. As palavras do Texto são obscuras em si mesmas; onde
    b. A expressão é forçada; onde
    c. A Sintaxe,
    d. A Gramática.
    e. A Ortografia ou
    f. O uso de letras maiúsculas apresenta peculiaridades; onde
    g. Palavras que não são em inglês ocorrem; onde o estilo sugere
    h. Paronomásia,
    i. Ambiguidade ou
    j. Obliquidade; ou onde
    k. A existência de um problema é explicitamente declarada; em todos esses casos devo buscar um significado escondido por meios de correspondências Cabalísticas, criptografia ou sutilezas literárias. Não admitirei soluções que não sejam ao mesmo

---

30 N.d.T. No original, "capítulo II", que não corresponde ao referido verso.

31 Noto que A ch D é "filho dele", sem referência à Mulher Escarlate; enquanto a Criança que será "mais poderosa que todos os Reis da terra" deverá ser fruto dela, sem referência à Besta. Não há indicação de que essas duas crianças não são idênticas; mas não há nenhuma de que são. Hans "Carter" (ou Hirsig) pode perfeitamente ser a última dessas crianças.

tempo simples, contundentes, de acordo com o plano geral do Livro; e não apenas adequadas, mas necessárias.

Exemplos:

i. I, 4. Aqui o sentido óbvio do texto é absurdo; dessa maneira, precisa de uma análise profunda.

ii. II, I7, linha 4. A ordem natural das palavras é distorcida ao colocar "not" antes de "know me32"; é apropriado questionar que objeto é atingido com essa peculiaridade do fraseado.

iii. I, 13. O texto como está é ininteligível; chama atenção para si mesmo; deve ser encontrado um significado que não irá apenas justificar o aparente erro, mas provar a necessidade de utilizar aquela e não outra expressão.

iv. II, 76. "to be me" no lugar de "to be I33". A gramática incomum convida ao questionamento; sugere que "me" é um nome escondido, talvez MH, "Not", Nuit, já que ser Nuit é a satisfação da fórmula do Falante, Hadit.

v. III, I. A omissão do "I" em "Khuit" é um indicativo de que alguma doutrina oculta é baseada nesta variante.

vi. II, 27. A grafia de "Because34" com um B maiúsculo sugere que pode ser um nome próprio, e possivelmente que seu equivalente grego ou hebraico pode identificar a ideia cabalisticamente com algum inimigo de nossa Hierarquia; também que tal palavra pode demandar um valor maiúsculo para sua inicial.

vii. III, 11. "Abstruction"35 sugere que uma ideia de outra maneira inexpressível é transmitida dessa maneira. A paráfrase aqui é inadmissível como uma interpretação suficiente; deve haver uma correspondência na própria estrutura da palavra com seu significado etimologicamente deduzido.

viii. III, 74. As palavras "sun" e "son"36 foram evidentemente escolhidas pela identidade de seu valor de som; a falta de ele-

---

32 N.d.T. Nos casos de alusões textuais referentes a pontos de gramática, ortografia e sintaxe da língua inglesa, as palavras em inglês foram deixadas conforme o original. "Not" significa "não"; "know me", "me conhece".

33 N.d.T. "Ser eu".

34 N.d.T. "Porque".

35 N.d.T. Palavra inexistente no inglês, traduzida por "abstrução".

36 N.d.T. "Sol" e "filho", respectivamente.

gância da frase portanto insiste em alguma justificação adequada, como a existência de um tesouro escondido de significado.

ix. III, 73. A ambiguidade da instrução justifica a suposição de que as palavras devem de algum modo conter uma fórmula criptográfica para arranjar as folhas do manuscrito de modo que um Arcano se manifeste.

x. I, 26. A aparente fuga de uma resposta direta em "Tu sabes!" sugere que a palavra esconde uma resposta precisa mais convincente em cifra do que seu equivalente abertamente expresso poderia ser.

xi. II, I5. O texto explicitamente convida a uma análise Cabalística.

7. O Comento deve ser consistente consigo mesmo em todos os pontos; deve exibir o Livro da Lei como sendo de absoluta autoridade sobre todas as possíveis questões adequadas à Humanidade, como se oferecendo a solução perfeita para todos os problemas filosóficos e práticos, sem exceção.

8. O Comento deve provar além da possibilidade de erro que o Livro da Lei

a. Testemunha em si mesmo a autoria de Aiwaz, uma inteligência independente de encarnação; e

b. É justificadamente digno de sua reivindicação de crença por evidência de acontecimentos externos.

Por exemplo, a primeira proposição é provada pela criptografia relacionada com 31, 93, 418, 666, [pi] etc., e a segunda, pela concordância de circunstâncias com várias declarações no texto, de modo que as categorias de tempo e causalidade proíbam todas as explicações que excluam seus próprios postulados, enquanto a lei das probabilidades torna coincidência inconcebível como evasão da questão.

9. O Comento deve ser expresso em termos inteligíveis às mentes de homens de educação mediana, e independente de tecnicalidades de difícil compreensão.

10. O Comento deve ser pertinente a problemas de nossa própria época e apresentar os princípios da Lei de maneira suscetível à aplicação prática no presente. Deve satisfazer todos os tipos de inteligência, não sendo revoltante aos pensadores racionais, científicos, matemáticos e filosóficos, nem repugnante aos temperamentos religiosos e românticos.

11. O Comento deve apelar em nome da Lei à autoridade da Experiência. Deve tornar Sucesso a prova da Verdade do Livro da Lei em cada ponto de contato com a Realidade.

A Palavra de Aiwaz deve colocar uma apresentação perfeita do Universo como Necessário, Inteligível, Autossubsistente, como Integral, Absoluto e Imanente. Deve satisfazer todas as intuições, explicar todos os enigmas e compor todos os conflitos. Deve revelar a Realidade, reconciliar Razão com Relatividade; e resolver não apenas todas as antinomias no Absoluto, mas todas as antipatias na apreciação da Aptidão, assegurar o consentimento de cada faculdade da humanidade na perfeição de sua propriedade plena

Libertando-nos de cada restrição sobre Direito, a Palavra de Aiwaz deve estender seu império ao alistar a lealdade de cada homem e cada mulher que coloque sua verdade à prova.

Após estes princípios, no auge de meu poder, eu, a Besta 666, que recebeu o Livro da Lei da Boca de meu Anjo Aiwaz, farei meu comento; estando armado com a palavra: "Mas o trabalho do comento? Isto é fácil; e Hadit ardendo em teu coração tornará tua caneta rápida e segura."

NOTA EDITORIAL A ESTE CAPÍTULO

O leitor agora tem posse total do relato de "como chegaste aqui". O estudante que deseja agir inteligentemente se esforçará para se familiarizar totalmente desde o princípio com todas as circunstâncias externas relacionadas com a Escrita do Livro, sejam elas de importância biográfica ou outra. Ele assim deverá ser capaz de abordar o Livro com a mente preparada para apreender o caráter único de seu conteúdo a respeito de sua verdadeira Autoria, as peculiaridades de Seus métodos de comunicar Pensamento, e a natureza de Sua reivindicação de ser o Cânon da Verdade, a Chave do Progresso, e o Árbitro da Conduta. Ele será capaz de formar seu próprio julgamento sobre Ele, apenas na medida em que estiver fixo no Ponto-de-Vista apropriado; a única questão para ele é decidir se Ele é ou não o que reivindica ser, a Nova Lei, no mesmo sentido que os Vedas, o Pentateuco, o Tao Teh King e o Corão são leis, mas com a adição da Autoridade da inspiração Verbal, Literal e Gráfica estabelecida e testada por evidências externas com a precisão impecável de uma demonstração matemática. Se for isso, é um documento único, absolutamente válido dentro dos termos de sua tese circunscrita, incomparavelmente mais valioso que qualquer outra Transcrição de Pensamento que possuímos.

Se não for totalmente isso, é uma curiosidade da literatura sem valor; pior, é uma prova aterradora de que nenhum tipo ou grau de evidência qualquer é suficiente para estabelecer qualquer proposição possível, já que a mais próxima concatenação de circunstâncias pode não ser mais que refugo do acaso, e os planos de propósito mais amplos apenas uma pantomina pueril. Rejeitar este Livro é tornar a Razão em si ridícula e a Lei de Probabilidades um capricho. Se em Sua queda despedaça a estrutura da Ciência, e enterra toda a esperança no coração do homem no entulho, jogando sobre as pilhas os céticos, cegos, aleijados e loucos melancólicos.

O leitor deve enfrentar o problema diretamente; meias-medidas não terão utilidade. Se houver algo que ele reconheça como Verdade transcendental, não pode admitir a possibilidade de que o Falante, esforçando-se tanto para provar a Si mesmo e Seu Trabalho, fosse no entanto incorporar Falsidade nos mesmos mecanismos elaborados. Se o Livro for apenas um monumento à loucura de um mortal, ele deve estremecer ao pensar que tal poder e astúcia possam ser cúmplices de arquianarquistas insanos e criminosos.

Mas se ele sabe que o Livro justifica a Si mesmo, o Livro justificará também Seus filhos; e ele irá brilhar com felicidade em seu coração ao ler do sexagésimo-terceiro verso ao sexagésimo-sétimo de Seu capítulo e terá seu primeiro vislumbre de Quem ele mesmo é na verdade, e a que realização de Si Mesmo o Livro tem a virtude de trazê-Lo.

CROWLEY, PESSOA E A CRIANÇA ETERNA

por **DAVID SOARES***

Escreveu o autor português João Gaspar Simões, primeiro biógrafo do poeta Fernando Pessoa, que "charlatanismo e magia sempre andaram a par"[1], referindo-se ao imprevisível encontro deste com o mago inglês Aleister Crowley. Depois de ter ficado retido um dia suplementar no porto espanhol de Vigo, por culpa de um espesso nevoeiro, o paquete *Alcântara* finalmente atracou em Lisboa, no cais da Rocha do Conde de Óbidos, no dia 2 de setembro de 1930[2]. Ao encontrar-se com Pessoa, Crowley perguntou-lhe: "- Então que ideia foi essa de me mandar um nevoeiro lá para cima?"[3] Esta frase, mais ou menos apócrifa, mais ou menos real, tem-se esgueirado incólume entre as lâminas dos escalpelos empregues pelos exegetas; pois que outra coisa poderá significar, senão o facto de Crowley já ter compreendido, através do ritmo e entrelinhas da sua prévia correspondência com Pessoa[4], que este, de facto, não tinha muita vontade em encontrar-se com ele? Aquele encontro

*Escritor português, autor de A Conspiração dos Antepassados *(romance sobre o encontro de Aleister Crowley e Fernando Pessoa, em Lisboa).*

"mágico", que se desenrolaria a partir daquele desembarque, fora, em larga medida, projectado à pressa por Crowley nos meses anteriores. Não é, pois, surpreendente que, em setembro do ano seguinte, Crowley se queixaria por escrito a Pessoa por não receber notícias suas há bastante tempo[5]. Assim, por qual razão terá Crowley insistido em encontrar-se com Pessoa em Lisboa? Robert Bréchon, biógrafo francês de Pessoa, oferece uma contextualização lúcida a esse respeito: "É portanto um homem desesperado que, em agosto de 1930, decide ir a Lisboa encontrar-se com Pessoa."[6]

Crowley, claro, disfarçava esse desespero com atitudes provocatórias e comportamentos excêntricos[7], mas deve ter sentido, muito à flor da pele, que o seu território de caça se cerceava rapidamente: já tinha sido expulso de Itália, em Abril de 1923, por actividades subversivas e suspeita de simpatias comunistas[8]; fora expulso de França, em Abril de 1929, por suspeita de ser um espião a soldo dos alemães[9] (embora Crowley declarasse que o motivo tinha sido o facto de a polícia considerar que a sua máquina de café era, na realidade, um aparelho para destilar cocaína[10]). Em relação à animosidade que o próprio Reino Unido cevava contra ele, o jornal inglês *John Bull* congratulou-se com uma súmula de todas as proscrições: *"Soon Hell will be the only place which will have you. You were driven out of England, America deported you and so did Sicily. Now France has given you marching orders."*[11] Nesta perspectiva aclara-se o motivo pelo qual Crowley decidiu encontrar-se com Pessoa: terá pensado que o poeta poderia ser um bom homem de mão – fluente em inglês – para ajudá-lo a criar em Lisboa (urbe voltada para o Atlântico, placa giratória entre as Américas e a Europa) uma dependência da ordem *Argenteum Astrum* (ou A∴A∴, como costuma ser grafada, de molde a permitir diversas interpretações[12]), que criara a 15 de novembro de 1907 (conjuntamente com George Cecil Jones e J. F. C. Fuller)[13], e cujo texto basilar foi, precisamente, *O Livro da Lei* (*Liber AL*), escrito em 1904.

Investigações contemporâneas sobre o espólio documental de Crowley, referente ao seu encontro com Pessoa, revelam que o poeta português Raul Leal (que assinava com o pseudónimo Henoch e foi autor de *Sodoma Divinizada*, em 1923, entre outros trabalhos) recebeu Crowley no seu apartamento da Rua das Salgadeiras, no Bairro Alto, em Lisboa, no dia 9 de setembro de 1930, para se submeter a algum tipo de iniciação de carácter esotérico[14]. Desde o início do ano, pelo menos, que Leal se correspondia com Crowley, visando, em específico, ser iniciado por este num caminho mágico[15]. Mais tarde, em julho de 1950, o próprio Leal escreveu sobre esse secreto encontro a João Gaspar Simões, referindo-lhe a presença de Pessoa, mas não mencionou qualquer iniciação de pendor esotérico; somente escreveu que Crowley lhes tinha provocado, por via de um "maléfico" sortilégio, uma enigmática doença que, no caso de Pessoa, lhe provocara a morte cinco anos depois[16]. Segundo outra interpretação, o silêncio de Leal sobre a suposta iniciação poderá relacionar-se com o facto de esta ter consistido numa partida que lhe foi pregada por Crowley e Pessoa[17]. No que concerne à iniciação de Pessoa por Crowley numa das suas ordens, o argumento mais conspícuo cifra-se numa circular destinada em exclusivo a membros da A∴A∴ e enviada por Crowley a Pessoa, datada de 21 de março de 1932[18]. Quer isto dizer que Pessoa seria um iniciado – um discípulo formal? Ou seria uma estratégia elegante de Crowley lhe chamar a atenção, sem se comprometer, posto que, como vimos, o poeta lhe deixara de enviar correspondência? Seja como for, o que é verdadeiro é que Pessoa e Crowley não se terão visto mais do que três vezes – no cômputo, um encontro fugidio.

Pese o facto de o encontro entre ambos não ter feito medrar frutos mais férteis, Fernando Pessoa e Aleister Crowley tinham bastantes realidades em comum: ambos foram criaturas moldadas por um rígido sistema educacional britânico, sob o qual era mal visto os rapazes demonstrarem as suas emoções (um sistema que fez Crowley explodir e Pessoa implodir)[19]; e ambos partilharam o mesmo sentido de humor truculento (a comprová-lo, o episódio da suposta iniciação de Leal?), o interesse pelas letras e pelo oculto. Para Pessoa, a iniciação era "uma admissão à conversação com os anjos" e a poesia o canal que conduzia a essa iniciação[20]; tal como para Crowley o canal para a conversação com o Sagrado Anjo da Guarda era a magia[21]. Mas a maior afinidade entre eles foi, certamente, a paixão pela pseudonímia.

Pessoa criou dezenas de heterónimos, personagens literárias com biografias, personalidades e estilos autorais distintos, com as quais assinava a maioria dos seus escritos; e Aleister Crowley criou dezenas de pseudónimos para assinar os artigos e ensaios que publicou em *The Equinox* e diversas personagens com as quais escrevia sobre si próprio nos seus livros. Já em criança, Fernando Pessoa criava personalidades fictícias para assinar pequenos versos, composições ou, simplesmente, para vestir essas peles em brincadeiras com os irmãos: Chevalier de Pas, Alexander Search, Capitão Thibeaut, Quebranto Oessus ou Adolph Moscow são algumas das primeiras personagens da infância pessoana, passada em Durban, na África do Sul[22]. Já adulto, em Lisboa, Fernando Pessoa iria assumir uma espécie de metempsicose zoomórfica através da figura do Íbis: ave pernalta que na mitologia egípcia é avatar do deus Toth, o criador da escrita e da magia. Durante algum tempo, quando saía com a família, costumava parar de repente na rua para assumir a postura de um íbis, recolhendo uma perna e encostando o dedo ao nariz, para enorme embaraço de quem o acompanhava – era uma pantomima quasi-ritualística, à guisa de santo-e-senha de sociedade secreta[23]. Aleister Crowley tinha, também, uma brincadeira de rua com a qual espantava os amigos e os estranhos a quem procurava convencer da autenticidade dos seus poderes mágicos: consistia em seguir um transeunte, escolhido aleatoriamente, e imitar-lhe na perfeição os movimentos; quando atingia essa sincronia, simulava de repente uma queda e divertia-se imenso a ver o indivíduo desequilibrar-se sem perceber que força indesvendável o fizera tropeçar[24].

Contudo, superiorizando-se a todas estas afinidades de formação e de partilha de senso de humor e gosto pelo universo do oculto assomava uma enorme diferença: Crowley era um homem do mundo, um intrépido viajante, um extrovertido sem limites; Pessoa era um cidadão do imaginário e só viajava por algumas ruas da Baixa Pombalina – o máximo que se afastava de Lisboa era a distância que a apartava da cidade alentejana de

Évora. Nem Pessoa seria capaz de acompanhar Crowley, nem Crowley seria capaz de manter-se quedo para fazer companhia a Pessoa. Uma única diferença pode escavar um fosso entre duas almas tão parecidas.

O encontro de Crowley e Pessoa tornou-se conhecido em virtude da brincadeira engendrada em volta do falso suicídio de Crowley no sítio baptizado de modo dramático de Boca do Inferno, em Cascais[25]. O local, acidente geológico em que uma gruta esgaivada pelo oceano Atlântico colapsou deixando aberta uma confragosa concavidade, decorada por um arco natural, impressiona pela força com que as águas chocam com as rochas; em principal, nos meses de inverno. Hoje, uma placa memorialista recorda aos visitantes o ludíbrio imaginado por Crowley (para divertir-se à custa da sua desavinda namorada alemã Hanni Jaeger[26]) e coadjuvado por Pessoa. No entanto, na nossa opinião, o remanescente mais relevante desse encontro não consiste nesse golpe "publicitário".

De facto, estudando as biografias destes protagonistas, pode constatar-se que 1930 cifra uma data de charneira nas vidas de Crowley e Pessoa, manifestando-se neles duas mudanças de admirável pendor análogo: ambos perderam rapidamente o interesse que mantinham no comentário político e enveredaram com maior serenidade no caminho esotérico. Em Crowley, essa serenidade é flagrante: o papel de verrinoso profeta do Éon de Hórus, a Idade da Criança Coroada e Conquistadora preconizada n'*O Livro da Lei*, deu lugar ao de um instrutor, de um mestre de magia – compare-se o estilo intenso e até revolucionário do livro sobredito[27] com a abordagem empática e paciente do livro *Magick Without Tears*, escrito ao longo da década de 1940 e publicado postumamente em 1954 (Crowley faleceu em 1947). São textos escritos por mentalidades totalmente diferentes. Pessoa, por outro lado, dedicou os seus últimos anos de vida (faleceu em 1935) a desenvolver o seu próprio sistema mágico: segundo alguns autores, denominou esse sistema por Caminho da Serpente[28]. É tentador projectar nestes percursos de vida uma transmigração de um para o outro de, pelo menos, parte das suas atitudes.

Pese a circunstância de a relação epistolar de ambos não ter ido além de 1931, apesar da insistência de Crowley, os dois comparsas provisórios conservaram gestos simpáticos de um para com o outro. Pessoa, por exemplo, ao abrigo da identidade de um detective inglês que inventou para escrever sobre o falso suicídio na Boca do Inferno, numa novela deixada incompleta, deixou um lúcido testemunho sobre Crowley – uma opinião que, sob o resguardo de uma perspectiva ficcional, se assume, parece-nos, com a maior das sinceridades:

> Um homem como Crowley põe um problema insolúvel às pessoas para quem todos os problemas devem ser insolúveis, por direito próprio. Ele apresenta-se ao mundo, simultaneamente, como um profundo ocultista e mago, e como uma espécie de charlatão. *Não confirmo nem nego nenhuma das hipóteses.* Mas a sua coexistência é perfeitamente possível. Ficaria muito surpreendido se ele fosse uma celebridade em termos práticos, um indivíduo conhecido, como Wells ou Shaw, que são, na verdade e na raiz das coisas, bem menos profundos e mais superficiais do que Crowley.[29]

Crowley, que compôs uma leitura muito positiva de Pessoa, aquando da passagem por Lisboa, reteve o impacto que lhe provocara a poesia deste, não se coibindo de recomendá-la com entusiasmo a amigos e associados, em mais do que uma ocasião[30].

Em relação à poesia de Pessoa, em múltiplos aspectos ela harmoniza-se, se não com as intenções, no mínimo com a temática crowleyana – com um especial e específico múnus espiritual. Atente-se, em jeito de ilustração, a dois poemas: um do heterónimo Alexander Search e outro do heterónimo Alberto Caeiro, ambos sobre a temática do *Puer Aeternus*, a Criança Eterna. Em *Regret*, de Search, pode ler-se o seguinte: *"I would that I were again a child / And a child you sweet and pure, / That we might be free and wild / In our consciousness obscure / (...)"*[31]. Mais tarde, sob a identidade de Caeiro, Pessoa escreveu: Ele mora comigo na minha casa a meio do outeiro. / *Ele é a Eterna Criança, o deus que faltava.* / Ele é o humano que é natural, / Ele é o divino que sorri e que brinca."[32] N'*O Livro da Lei*, o Senhor do Silêncio e da Força com cabeça de falcão não possui a ludicidade da Eterna Criança pessoana[33], embora seja, também, uma criança eterna – uma versão pós-industrial do arquétipo da Divina Criança, num recorte neojoaquimita[34].

Lisboa, Setembro 2017

NOTAS

1 SIMÕES, João Gaspar, *Vida e Obra de Fernando Pessoa. História de uma Geração*, Lisboa, Livraria Bertrand, 1980, 4ª edição, p. 593.

2 IDEM, *ibidem*, p. 601.

3 *Loc. cit.*

4 Iniciada por Pessoa, com uma carta enviada a The Mandrake Press, a 18 de Novembro de 1929. Cf. ROZA, Miguel (ed.), *Encontro Magick de Fernando Pessoa e Aleister Crowley*, Lisboa, Hugin Editores, Lda., 2001, p. 60.

5 Numa carta datada de 18 de setembro de 1931. *In* IDEM, ibidem, pp. 378-380.

6 BRÉCHON, Robert, *Estranho Estrangeiro. Uma Biografia de Fernando Pessoa*, Lisboa, Quetzal Editores, 1996, p. 485.

7 Como transformar em galeria de arte o quarto de hotel que ocupava em Londres no Verão de 1930 – foi expulso. *In* KACZYNSKI, Richard, *Perdurabo. The Life of Aleister Crowley*, Berkeley, North Atlantic Books, 2010, p. 448.

8 CHURTON, Tobias, *Aleister Crowley, the Biography. Spiritual Revolutionary, Romantic Explorer, Occult Master – and Spy*, Londres, Watkins Publishing, 2012, p. 263-267.

9 SUTTIN, Lawrence, *Do What Thou Wilt. A Life of Aleister Crowley*, Nova York, St. Martin's Press, 2000, p. 341.

10 SYMONDS, John, *The King of the Shadow Realm. Aleister Crowley: His Life and Magic*, Londres, Duckworth, 1989, p. 437.

11 Edição de 27 de abril de 1929. Cf. KACZYNSKI, *op. cit.*, pp. 439-440.

12 Representações acronímicas pontuadas por triângulos formados por três pontos comportam, em determinados círculos esotéricos, a noção de que a ordem ou sociedade assim grafada se encontra, de um modo directo, na continuidade de Mistérios Antigos, de matriz clássica ou até pré-clássica.

13 KACZYNSKI, *op. cit.*, p. 173. A sede e o templo-matriz da A∴A∴ situavam-se num apartamento alugado em Victoria Street, nº 124, na vizinhança dos jardins do palácio de Buckingham, cf. BOOTH, Martin, *A Magick Life. A Biography of Aleister Crowley*, Londres, Coronet Books, 2001, p. 264.

14 PASI, Marco, "September 1930, Lisbon: Aleister Crowley's lost diary of his Portuguese trip" (pp. 255-283), in *Pessoa Plural*, n.1, Providence, Brown University, 2012, p. 260.

15 *Loc. cit.*

16 LEAL, Raul, "Carta de Raul Leal a João Gaspar Simões a propósito de "Vida e Obra de Fernando Pessoa" e de Aleister Crowley", (pp. 54-57), in *Persona*, n.7, Porto, Centro de Estudos Pessoanos/Faculdade de Letras da Universidade do Porto, 1982.

17 DIX, Steffen, "An implausible encounter and a theatrical suicide – its prologue and aftermath: Fernando Pessoa e Aleister Crowley", (pp. 169-180), in CASTRO, Mariana Gray de (ed.), *Fernando Pessoa's Modernity without Frontiers: Influences, Dialogues, Responses*, Woodbridge, Tamesis Books, 2013, p. 180.

18 ROZA, *op. cit.*, pp. 390-392.

19 Para Pessoa, ler, por exemplo, BRÉCHON, *op. cit.*, pp. 61-67; e, também, QUADROS, António, *Fernando Pessoa. Vida, Personalidade e Génio. Uma biografia "autobiográfica"*, Lisboa, Publicações Dom Quixote, 5ª edição, 2000, pp. 25-27. Para Crowley, observar o acontecimento fulcral narrado em CROWLEY, Aleister, *The Confessions of Aleister Crowley. An Autohagiography*, SYMONDS, John; GRANT, Kenneth (eds.), Londres, Arkana Books/Penguin Books, 1989, pp. 52-53. De igual maneira, o argumento expresso em HUTIN, Serge, *Aleister Crowley. Le plus grand des mages modernes*, Verviers, Editions Gérard & Cº, 1973, p. 74. Sem ser a última palavra sobre este período da vida do protagonista, não se ignore o relato mais "sensacionalista" publicado em KING, Francis, *Mega Therion. The Magickal World of Aleister Crowley*, s.l., Creation Books, 2004, pp. 9-10.

20 BINET, Ana Maria, "Pessoa, Fernando, 13.6.1888 Lisbon-30.11.1935 Lisbon", (pp. 942-944), in HANEGRAAFF, Wouter J. (ed.); FAIVRE, Antoine; BROEK, Roelof van der; BRACH, Jean-Pierre (col.), *Dictionary of Gnosis & Western Esotericism*, Leiden, Brill, 2006, p. 943.

21 Cf. CROWLEY, Aleister; DESTI, Mary; WADDELL, Leila, *Magick. Liber ABA. Book Four, Parts I-IV*, BETA, Hymenaeus (ed.), York Beach, Samuel Weiser, Inc., 2ª edição, 2000, p.112. Também PASI, Marco, "Crowley, Aleister (born Edward Alexander), 12.10.1875 Leamington, 1.12.1947 Hastings", (pp.281-287), *in* HANEGRAAFF, *op. cit.*, p. 285-286.

22 NOGUEIRA, Manuela, *Fernando Pessoa. Imagens de uma Vida*, GALHOZ, Maria Aliete (apr.); ZENITH, Richard (pref.), Lisboa, Assírio & Alvim, 2005, p. 22.

23 BRÉCHON, *op. cit.*, p. 96; FERREIRA, António Mega, *Fazer Pela Vida. Um Retrato de Fernando Pessoa, o empreendedor*, Lisboa, Assírio & Alvim, p. 66.

24 SUTIN, *op. cit.*, p. 272.

25 Também conhecido por Mata-Cães.

26 Na verdade, Crowley já planeava forjar o seu suicídio há bastante tempo, cf. PASI, *op. cit.*, p. 259, n. 17.

27 No início do século XIII, já a reforma de Císter ia a meio-gás, o movimento milenarista medieval reforça-se inesperadamente com o desenvolvimento do Joaquimismo: corrente criada em volta das ideias do frade cisterciense calabrês Joaquim de Fiore, falecido em 1202 (a Calábria é a biqueira da "bota" italiana e nessa altura fazia parte do reino da Sicília). Em essência, o modelo milenarista joaquimita consiste numa visão macro-histórica das origens e destino da humanidade, formada por Três Idades, à semelhança da Santíssima Trindade: a pretérita Idade do Pai (os eventos narrados no Antigo Testamento), a presente Idade do Filho (os eventos narrados no Novo Testamento e a Era da Igreja) e a vindoura Idade do Espírito Santo (um período emergente de profunda contemplação espiritual, perfeição e paz). Joaquim de Fiore criou esta doutrina através do estudo do livro *Apocalipse* e calculou que a Idade do Espírito Santo despontaria em 1260. Três anos depois dessa data, no Sínodo de Arles, o Papa Alexandre IV condenou o Joaquimismo como sendo uma perigosa heresia. Por que é que uma Idade do

Espírito Santo, plena de profunda contemplação, perfeição e paz, consistia numa perigosa heresia? Embora a profunda contemplação, a perfeição e a paz joaquimitas fossem conceitos com os quais, em princípio, a Igreja não teria grandes dificuldades em lidar, Joaquim de Fiore também profetizou que a Idade do Espírito Santo traria o desmantelamento definitivo de todas as estruturas eclesiásticas - e isso é que a Igreja não podia tolerar; daí a condenação *tout court* do Joaquimismo (na verdade, o Papa Inocêncio III já o tinha condenado, mas apenas em parte, em 1215, no IV Concílio de Latrão). Independentemente disso, o Joaquimismo fez furor entre os franciscanos, que sempre foram, de certa forma, bastante anti-institucionais e, ao longo dos séculos vindouros, o milenarismo joaquimita provou ser um poderoso algoritmo, capaz de adaptar-se e dar sentido a um florilégio estonteante de ideias milenaristas de várias proveniências. Entre elas, o milenarismo crowleyano. Não reste dúvidas que a narrativa apocalíptica de *The Book of the Law* (até este título é o mesmo nome que os judeus dão ao Pentateuco) é, em essência, uma nova versão do velho ideal milenarista, apocalíptico – em maior espessura, do milenarismo de recorte joaquimita. Na visão milenarista de Aleister Crowley, desenvolvida em *The Book of the Law*, pedra basilar do edifício de Thelema, as Três Idades são as seguintes: a Idade da Mãe (uma idade que simboliza uma hipotética madrugada histórica matriarcal, cujo narradora é Nuit, a deusa egípcia da Noite), a Idade do Pai (a idade das religiões patriarcais e monoteístas, cujo narrador é Hadit, noivo de Nuit) e a Idade do Filho (o Novo Éon, o início de uma nova idade cósmica, narrada por Ra-Hoor-Khuit, jovem deus rebelde e vingativo, identificado com Harpócrates: o deus grego do silêncio, baseado nas representações infantes do deus egípcio Hórus, o Sol recém-nascido). Assim, pode também dizer-se que Nuit é identificada com Ísis e Hadit com Osíris. Neste modelo milenarista contemporâneo, sincrético, a energia iconoclasta e indomável da juventude, representada pela Idade do Filho, combate com violência o poder institucional e autoritário, mas decadente, moribundo, da Idade do Pai. É, de facto, uma narrativa "revolucionária" que instiga uma mudança violenta contra o estado das coisas – daí, na altura, ter sido entendida como propaganda radical de Esquerda. Para Crowley, o advento do Novo Éon, do qual ele se apresentou como profeta, na mesma linha dos profetas veterotestamentários e de Cristo, seria uma ruptura violenta acompanhada de terramotos e guerras. Quando os efeitos catastróficos se dissipassem, instalar-se-ia, como esperado e costumeiro nas ideias milenaristas, a iluminação (thelemita) num período solar de progressão espiritual.

28   Vid., entre outros, ANES, José Manuel, *Fernando Pessoa e os Mundos Esotéricos*, Lisboa, Ésquilo, pp. 144-152; CENTENO, Yvette K., *Fernando Pessoa, Magia e Fantasia*, Porto, Edições ASA, 2003, pp. 62-75, 81-88; FREITAS, Lima de, "O esoterismo na arte portuguesa" (pp. 176-213), in AA.VV, *Portugal Misterioso*, Lima, Selecções do Reader's Digest, 1998, pp.206-213; FREITAS, Lima de, *Porto do Graal. A Riqueza Ocultada da Tradição Mítico-Espiritual Portuguesa*, FREITAS, José Hartvig de (pref.), Lisboa, Ésquilo, 2006, pp. 255-282. Sobretudo, ler PESSOA, Fernando, "XI – Para a obra intitulada 'O Caminho da Serpente'", in QUADROS, António (pref., org., not.), *Obra em Prosa de Fernando Pessoa. A Procura da Verdade Oculta. Textos Filosóficos e Esotéricos*, Mem-Martins, Publicações Europa-América, s.d., pp. 212-219.

29   PESSOA, Fernando, "A Boca do Inferno. Novela policiária" (pp. 399-529), in ROZA, *op. cit.*, p. 501. (Itáliconosso. A partir daqui todos os itálicos em citações são nossos.)

30   PASI, Marco; FERRARI, Patricio, "Fernando Pessoa and Aleister Crowley: new discoveries and a new analysis of the documents in the Gerald Yorke collection" (pp. 284-313), in *Pessoa Plural*, n.1, Providence, Brown University, 2012, pp. 289-290.

31   PESSOA, Fernando, *Alexander Search. Poesia*, FREIRE, Luísa (ed., trad.), Lisboa, Assírio & Alvim, 1999, p. 108.

32   Alberto Caeiro, *apud* BRÉCHON, *op. cit.*, p. 235.

33   Cf. CROWLEY, Aleister, *The Book of the Law*, York Beach, Weiser Books, s.d., p. 49.

34   Vid. *supra*, n. 26.

HYMN TO PAN

Thrill with lissome lust of the light,
O man! My man!
Come careering out of the night
Of Pan! Io Pan!
Io Pan! Io Pan! Come over the sea
From Sicily and from Arcady!
Roaming as Bacchus, with fauns and pards
And nymphs and styrs for thy guards,
On a milk-white ass, come over the sea
To me, to me,
Coem with Apollo in bridal dress
(Spheperdess and pythoness)
Come with Artemis, silken shod,
And wash thy white thigh, beautiful God,
In the moon, of the woods, on the marble mount,
The dimpled dawn of of the amber fount!
Dip the purple of passionate prayer
In the crimson shrine, the scarlet snare,
The soul that startles in eyes of blue
To watch thy wantoness weeping through
The tangled grove, the gnarled bole
Of the living tree that is spirit and soul
And body and brain – come over the sea,
(Io Pan! Io Pan!)
Devil or god, to me, to me,
My man! my man!
Come with trumpets sounding shrill
Over the hill!
Come with drums low muttering
From the spring!
Come with flute and come with pipe!
Am I not ripe?
I, who wait and writhe and wrestle
With air that hath no boughs to nestle

HINO A PÃ

Vibra do cio subtil da luz,
Meu homem e afã!
Vem turbulento da noite a flux
De Pã! Iô Pã!
Iô Pã! Iô Pã! Do mar de além
Vem da Sicília e da Arcádia vem!
Vem como Baco, com fauno e fera
E ninfa e sátiro à tua beira,
Num asno lácteo, do mar sem fim
A mim, a mim!
Vem com Apolo, nupcial na brisa
(Pegureira e pitonisa),
Vem com Artémis, leve e estranha,
E a coxa branca, Deus lindo, banha
Ao luar do bosque, em marmóreo monte,
Manhã malhada da âmbrea fonte!
Mergulha o roxo da prece ardente
No ádito rubro, no laço quente,
A alma que aterra em olhos de azul
O ver errar teu capricho exul
No bosque enredo, nos nós que espalma
A árvore viva que é espírito e alma
E corpo e mente — do mar sem fim
(Iô Pã! Iô Pã!),
Diabo ou deus, vem a mim, a mim!
Meu homem e afã!
Vem com trombeta estridente e fina
Pela colina!
Vem com tambor a rufar à beira
Da primavera!
Com frautas e avenas vem sem conto!
Não estou eu pronto?
Eu, que espero e me estorço e luto
Com ar sem ramos onde não nutro

My body, weary of empty clasp,
Strong as a lion, and sharp as an asp –
Come, O come!
I am numb
With the lonely lust of devildom.
Thrust the sword through the galling fetter,
All devourer, all begetter;
Give me the sign of the Open Eye
And the token erect of thorny thigh
And the word of madness and mystery,
O Pan! Io Pan!
Io Pan! Io Pan! Pan Pan! Pan,
I am a man:
Do as thou wilt, as a great god can,
O Pan! Io Pan!
Io Pan! Io Pan Pan! I am awake
In the grip of the snake.
The eagle slashes with beak and claw;
The gods withdraw:
The great beasts come, Io Pan! I am borne
To death on the horn
Of the Unicorn.
I am Pan! Io Pan! Io Pan Pan! Pan!
I am thy mate, I am thy man,
Goat of thy flock, I am gold , I am god,
Flesh to thy bone, flower to thy rod.
With hoofs of steel I race on the rocks
Through solstice stubborn to equinox.
And I rave; and I rape and I rip and I rend
Everlasting, world without end.
Mannikin, maiden, maenad, man,
In the might of Pan.
Io Pan! Io Pan Pan! Pan! Io Pan!

Master Therion

(Aleister Crowley)

Meu corpo, lasso do abraço em vão,
Áspide aguda, forte lião —
Vem, está vazia
Minha carne, fria
Do cio sozinho da demonia.
À espada corta o que ata e dói,
Ó Tudo-Cria, Tudo-Destrói!
Dá-me o sinal do Olho Aberto,
E da coxa áspera o toque erecto,
E a palavra do Louco e do Secreto,
Ó Pã! Iô Pã!
Iô Pã! Iô Pã Pã! Pã Pã! Pã,
Sou homem e afã:
Faze o teu querer sem vontade vã,
Deus grande! Meu Pã!
Io Pã! Iô Pã! Despertei na dobra
Do aperto da cobra.
A águia rasga com garra e fauce;
Os deuses vão-se;
As feras vêm. Iô Pã! A matado,
Vou no corno levado
Do Unicornado.
Sou Pã! Iô Pã! Iô Pã Pã! Pã!
Sou teu, teu homem e teu afã,
Cabra das tuas, ouro, deus, clara
Carne em teu osso, flor na tua vara.
Com patas de aço os rochedos roço
De solstício severo a equinócio.
E raivo, e rasgo, e roussando fremo,
Sempiterno, mundo sem termo,
Homem, homúnculo, ménade, afã,
Na força de Pã.
Iô Pã! Iô Pã Pã! Pã! Iô Pã!

Master Therion
(Aleister Crowley)
Tradução de Fernando Pessoa

Este livro foi composto com as fontes
CHRONICLE e **CERA PRO** e impresso
em papel **PÓLEN BOLD 90G/M²** na
gráfica **EXPRESSÃO & ARTE.**